C H V

LJUDMILA ULITZKAJA

DIE ERINNERUNG NICHT VERGESSEN

Aus dem Russischen von
Ganna-Maria Braungardt
und Christina Links

Hanser

Auswahl und Zusammenstellung der Texte besorgten Ganna-Maria Braungardt und Christina Links.
Quellen der Originale:
Freunde (Prodolženie temy: Druzja) – In: Ljudmila Ulitzkaja, *Bumažnyj teatr. Neproza*, Verlag AST, Moskau 2021
Individuum und Totalitarismus (Svobodny čelovek v epochu totalitarizma) – »Offene Vorlesung«, Freilichttheater im Kulturpark Odessa, Juni 2016
Über das Christentum (O christianstve) – Online-Magazin avtobiografija Nr. 10, 31.12.2021
Die Krise der sozialen Mythen (Krizis mifologii) – Vortrag für SlovoNovo, Forum für Russische Kultur in Europa, Budva September 2018
Die Erinnerung nicht vergessen (Zabyt' o pamjati) – Novaja gazeta, 14.01.2022
Die übrigen Texte sind im russischen Original noch nicht erschienen.

Krieg und Emigration – deutsche Veröffentlichung in: Neue Zürcher Zeitung, 18.03.2022

1. Auflage 2023

ISBN 978-3-446-27630-7

Published by arrangement with ELKOST Intl. Literary Agency

Umschlag: Peter-Andreas Hassiepen, München
Foto: © Diana Markosian, 2014, all rights reserved.
Satz: Greiner & Reichel, Köln
Druck und Bindung: CPI books GmbH, Leck
Printed in Germany

FSC
www.fsc.org
MIX
Papier | Fördert gute Waldnutzung
FSC® C083411

DIE ERINNERUNG
NICHT VERGESSEN

INHALT

Was mir einst leicht erschien,
erwies sich als sehr schwer.
Was mir einst schwer erschien,
erwies sich als unmöglich.
Doch was unmöglich war –
das halt ich nun in meiner Hand!

VORWORT

Den größten Teil meines Lebens habe ich in Moskau gewohnt, in sieben verschiedenen Wohnungen – von einem Sechzehn-Quadratmeter-Zimmer in einer Kommunalka, in der unsere Familie mit sieben weiteren zusammenlebte, bis zu einer eigenen Wohnung im sogenannten »Schriftstellerviertel« in einem attraktiven Moskauer Bezirk. Eine meiner ältesten Freundinnen, die zu Beginn der sechziger Jahre aus der Emigration nach Russland zurückgekehrt war und zum ersten Mal in eine Kommunalka kam, nannte diese Art der Gemeinschaftswohnung beiläufig einmal »eine Erfahrung christlichen Lebens«. Ich würde das nicht unbedingt bestätigen, aber dass das Leben in der Kommunalka eine Sozialisationserfahrung ist, eine Erfahrung von Zusammenleben auf engstem Raum, in dem die Distanz zwischen den Einzelnen so gering ist, dass ein Gefühl von Luftnot entsteht – daran erinnere ich mich gut.

Ich wohne in Moskau in derselben Gegend, in die vor über hundert Jahren mein Großvater mit seiner jungen Ehefrau gezogen war. Damals lag der Bezirk am Stadtrand, heute gehört er fast zum Zentrum. Ich hatte vor, bis an mein Lebensende an diesem Ort zu bleiben, aber ein Sprichwort sagt: Gott lächelt, wenn er von unseren Plänen hört.

Jetzt lebe ich mit meinem Mann Andrej in einer großen Zwei-Zimmer-Wohnung in Berlin, einer der ruhigsten, angenehmsten und wohnlichsten Städte Europas. Das Viertel, in dem unser Haus steht, liegt im ehemaligen Mauerstreifen, ist relativ neu und ziemlich geradlinig angelegt, nur die in der Nähe fließende Spree bietet eine gewisse Auflockerung dieser Geometrie.

Ein Zimmer unserer Wohnung hat sich Andrej als Atelier eingerichtet: Der Boden ist mit Papier ausgelegt, an den Wänden hängen Zeichnungen und Skizzen. Ich sitze mit meinem Computer wie immer in der Wohnküche.

Wir versuchen, diese Wohnung zu unserem Zuhause zu machen, richten uns allmählich dort ein. Wir haben uns einen Bücherschrank angeschafft und füllen ihn nach und nach. In einem An- und Verkauf haben wir einen großen bestickten Wandteppich gefunden, der nun in unserer Küche hängt und das Auge erfreut: Zwischen Granatäpfeln liegt eine schlafende orientalische Schönheit, um sie herum stehen gerührte Beobachter. Auch ich bin eine Beobachterin. Ich kann nicht schlafen, denn mein Schlaf ist gestört – der Tag beginnt mit den Nachrichten im Internet und endet am Abend damit.

Vor einigen Tagen kehrte ich von einer Reise auf die Balearen zurück, wo ich einen Literaturpreis bekommen hatte, und das wichtigste Resultat dieser Reise war womöglich nicht der Preis selbst, sondern das Gefühl, als ich in das Flugzeug nach Berlin stieg: Ich fliege »nach Hause«. Daran muss ich mich noch gewöhnen.

Es herrscht ein irrsinniger Krieg. Millionen Menschen verlassen ihr Zuhause und gehen auf der Suche nach einem friedlichen Leben in andere Länder. Grenzen werden geschlossen. An die Grenzen strömen inzwischen wohl vor allem Männer, die der Mobilmachung entgehen wollen.

Ich habe nur noch eine Hoffnung und einen Traum: Ich möchte das Ende dieses Kriegsirrsinns noch erleben und zurückkehren nach Moskau, in meine Wohnung, in die gewohnte und geliebte Welt, in der ich mich »am rechten Ort« fühle.

Ljudmila Ulitzkaja, Oktober 2022

DIE GEOGRAPHIE MEINER KINDHEIT

Meine Großmutter erzählte mir oft von der Institutskaja-Straße in Kaluga, in der sie als Kind gewohnt hatte, von den Antonow-Äpfeln, die auf dem Dachboden gelagert wurden, in Stroh, von dem Geruch, der das ganze Haus erfüllte, vom privaten Gymnasium der Frau Salowa, in das sie ging. Meine Mutter sprach von ihrer Schule Nr. 110 in der Mersljakow-Straße, von der Eisbahn auf den Patriarchenteichen, wohin sie abends liefen. All diese Erzählungen wurden zu meinen Erinnerungen »zweiter Ordnung«, wenn man es so nennen kann. Nach Kaluga bin ich nie gefahren, ich habe mir nicht die Mühe gemacht, einen Blick auf die Provinzstadt zu werfen, in der meine Großmutter ihre Jugend verbrachte, und Mamas Schule Nr. 110 ist umgezogen. Vor der neuen Schule steht ein Denkmal für die gefallenen ehemaligen Schüler – alle Jungen aus Mamas Klasse sind im Krieg umgekommen. Ein Werk des Bildhauers Mitljanski, der als Einziger seiner Klasse von der Front zurückgekehrt ist. Er hat die Schule 1941 abgeschlossen, einige Jahre nach meiner Mutter.

Die Moskauer Zeit unserer Familie begann 1917 im Norden von Moskau. Das erste Quartier war eine Sommerhaushälfte im Petrowski-Park, erworben ein halbes Jahr vor der Revolution. Dort wurde 1918 meine Mutter geboren, in unmittelbarer Nähe des Petrowski-Palais.

In den dreißiger Jahren hatte auch mein Vater eine Verbindung zu diesem Bezirk: Nach der Verhaftung seines Vaters, meines Großvaters, verließ er die Schule und arbeitete beim Metrobau, und zwar an der Station Dynamo.

Zu der Zeit war der Bezirk bereits ein Teil von Moskau, kein Vorort mehr mit zweifelhaftem Ruf. Das Sommerhaus stand noch lange, nachdem Großvaters Familie umgezogen war, erst in die Sadowaja-Straße, dann in die Kaljajewskaja, aber irgendwann stürzte es ein. Ganz in der Nähe, in der Nishnjaja Maslowka, hatte mein Mann Andrej Krassulin lange sein Atelier. Die letzte Wohnung von Großmutter und Großvater befand sich in der Baschilowka – all das liegt nah beieinander im Norden der Stadt.

Auch ich bewegte mich bei meinen Umzügen immer in diesem Stadtteil – von der Kaljajewskaja in die Nowolessnaja und dann, bei dem letzten, in die Nähe der Metrostation Aeroport, unweit von Großvaters ehemaligem Haus.

Der geographische Mittelpunkt meiner Kindheit ist die Kaljajewskaja-Straße. Die einstige Dolgorukowskaja-Straße, benannt nach dem ehemaligen Moskauer Generalgouverneur Fürst Dolgorukow, trug einige Jahrzehnte lang den Namen von Iwan Platonowitsch Kaljajew, einem Terroristen mit sanfter und poetischer Seele. Jetzt heißt sie wieder Dolgorukowskaja.

Der Name Iwan Kaljajew steht in den Geschichtsbüchern, der von ihm getötete Großfürst Sergej Romanow ist vergessen. Im Übrigen ist auch Kaljajew inzwischen aus der Moskauer Toponymie verschwunden.

Die Kaljajewskaja führte zur Metrostation Nowoslobodskaja. Ich erinnere mich noch gut an die Eröffnung der Station im Jahr 1952 und daran, wie beeindruckt ich war von der farbenprächtigen Kunst, den Glasmalereien mit Ornamenten, Hämmern, Sicheln und Wappen.

Mit den Jahren erweiterte sich mein Aktionsradius – damals fuhren Kinder schon früh allein durch Moskau, heute lässt man sie kaum noch allein auf die Straße. Zusammen mit meinen Freundinnen machte ich Ausflüge zur Eisbahn im Park des Zentralhauses der Roten Armee, dem ehemaligen Jekaterina-Park, ins Kino Ekran shisni, oder bis zum Sawjolowoer Bahnhof, vorbei am Butyrka-Gefängnis. Dorthin fuhr eine Straßenbahn. Einmal sah ich, wie eine Straßenbahn eine ländlich gekleidete Frau im Schaffellmantel überfuhr. Das grub sich tief in mein kindliches Gedächtnis: der klaffende offene Mantel, die zerfetzten Beine … Das Gesicht war nicht zu sehen. Der erste tote Mensch, den ich mit eigenen Augen sah. Eine Fremde.

Dann gab es noch das Selesnjowskije-Bad voller nackter Frauen mit Bottichen im Wasserdampf. Aber dorthin wurde ich nicht oft gebracht, nur, wenn der Badeofen in Großmutters Wohnung kaputt war. In Großmutters Kommunalka gab es ein Badezimmer, darin stand eine uralte Wanne mit Löwenfüßen und ein von feinen Rissen durchzogenes Porzellanwaschbecken mit rosa Chrysanthemen. So etwas besaß sonst niemand!

Unser großer Hof war fast ausschließlich von barackenartigen Gebäuden umgeben, doch in dem weitläufigen Areal standen auch ein paar halbwegs anständige Häuser. Echte Baracken befanden sich dreihundert Meter weiter, näher an der Vierten Twerskaja und dem Miussy-Park, sie wurden Kotjaschkina*-Dorf genannt. Dorthin zu gehen war mir verboten, aber gerade das Verbotene daran reizte mich.

* Von russ. »kot« Kater – so wurden die Zuhälter genannt. In diesem Viertel lebten im 19. Jahrhundert viele Huren und ihre Luden.

Ein wunderbares Herumirren, eine Erweiterung der kleinen Welt, eine Verschiebung der Dimensionen! Ich fürchtete zwar, mich zu verlaufen, doch insgeheim wünschte ich es mir auch: Wieder und wieder die Angst zu empfinden (wenn ich mich nun für immer verirrt habe?) und dann das Glücksgefühl beim Wiedererkennen vertrauter Orte; noch heute verlaufe ich mich gern in einer fremden Stadt, jetzt allerdings mit einer Karte in der Hand.

Eine Seite des Kotjaschkina-Dorfs grenzte an das Gebäude der Parteihochschule. Vor der Revolution befand sich dort die Schanjawski-Universität, ein Zentrum der Kultur. Die Parteihochschule war ein Anziehungspunkt für die kommunistische Jugend Europas und für die lokale weibliche Bevölkerung – sie lockte mit »kommunistischen Bräutigamen«. Besonders beliebt waren Italiener. Meine Freundin Ljuba begegnete ihrem Schicksal dort in Miussy, in unserem Lieblingspark. Noch heute besuche ich das glückliche Paar in Mailand. Giuseppes Leidenschaft für die kommunistische Bewegung erkaltete rasch, er wurde ein linker Journalist, Ljuba wurde Professorin an der Mailänder Kunstakademie. Noch zwei weitere Mädchen aus meiner Klasse heirateten ins Ausland – die eine einen Schweden, die andere einen Tschechen. Heute befindet sich in der einstigen kommunistischen Bildungsstätte die Staatliche Russische Universität für Geisteswissenschaften.

An den Orten meiner Kindheit ist die Geographie nicht zu trennen von der Geschichte und umgekehrt. In Miussy und den umliegenden Straßen, wie in der Lessnaja*, befanden sich große Holzhandlungen. Hier wurde Holz aller Ar-

* les – (russ.) Wald; auch Holz.

ten angeliefert, zum Heizen und zum Bauen. Ich erinnere mich an das letzte Holzlager in der Nähe des Kotjaschkina-Dorfs. Geleitet wurde es von einem alten Juden, einem riesigen Kerl mit Namen Kuperschmit – er kam öfter zu meinem Großvater, um sich mit ihm über Brautwerbung zu beraten. Er hatte eine Tochter, ebenso riesig wie er selbst, sie musste längst verheiratet werden, aber es fanden sich keine Interessenten ... Das Holzlager existiert nicht mehr. Genau wie das Kotjaschkina-Dorf. Der Miussy-Park vegetiert vor sich hin, es fehlt bereits der Springbrunnen, auch die japanischen Zwergakazien auf den Rasenflächen sind nicht mehr da. Verschwunden ist das alte Moskau, an das sich kaum noch jemand erinnert.

Moskau zu lieben fällt mir immer schwerer. Die Heimat meiner Kindheit ist fast völlig zerstört. Eine moderne Stadt braucht keine Drogerien und keine Petroleumläden, keine Holzlager und keine hundert Jahre alten Geschäfte mit blauweißen Fliesen wie in der Filippow-Bäckerei und der Kurnikow-Fleischerei. Sie sind überflüssig geworden und passen nicht mehr zu unserer Zeit. Sie alle wurden ersetzt durch Supermärkte und mehrgeschossige Einkaufszentren. Die Eisbahn durch Sport- und Fitnessklubs. Es gibt keine Glaser mehr, keine Wäschereien, keine Hauswarte und keine Altwarenhändler. Nur noch die kommunale Wohnungsverwaltung und Secondhandläden. Auch uns alte Moskauer wird es bald nicht mehr geben.

MEIN NAME

Heute Nacht der Entschluss – ohne Punkt und Komma zu schreiben … aber das kann man nicht lernen dazu muss man etwas verlernen –
und keine Chronologie … die ist endgültig vorbei – das Leben ist wie ein runder See dessen Ufer alle gleichzeitig zu sehen sind oder wie eine Kugel die ihre Flugbahn fast vollendet hat und nun abwärts fliegt immer weiter und dann – bumm! – explodiert

ich also – was für eine Ljussja was für eine Ulitzkaja – ich weiß nicht wer …
in meiner Hand wird ein weißer Stein liegen mit meinem wahren Namen und der aus meinem Pass wird auf einem grauen Stein stehen auf dem deutschen Friedhof wo Mama und Großmutter liegen
einstweilen aber tut es ein beliebiges Pseudonym und dazu ein gemurmeltes nächtliches Gebet
ich bin nicht Ljussja Ulitzkaja das sind fremde Laute kratzig wie Glas
vor allem keine Ljudmila
woher die kommt weiß ich – als ich zur Welt kam schwärmte mein sechzehnjähriger Onkel Vitja für eine Ljudmila ein Mädchen vom Land er brachte diesen zufälligen Namen ins Haus und er wurde mir angehängt
meinen wahren Namen kenne ich nicht
»Jewgenija« blitzte auf in meinem Vatersnamen und dann im

Familiennamen meines zweiten Mannes des Vaters meiner Söhne
alles daran ist zufällig wie die Brown'sche Teilchenbewegung …
noch bevor ich mich von meiner geliebten Biologie verabschieden musste
und noch nicht herausgewachsen war aus der larvenartigen Unbewusstheit und noch im Urozean der Reproduktion schwamm – armes Mädchen wie unsinnig und unharmonisch der Körper wächst während die Seele nicht hinterherkommt – verbrachte ich mein halbes Leben im Bann der hartnäckigen und irrigen Idee der unerlässlichen Vermehrung und Fortsetzung des Selbst
erst am Ende des Lebens beginnt das Begreifen welch dunkle Existenz die Ursuppe aus wimmelnden Eizellen und Spermien verheißt – die Biologie mit der ich damals noch verbunden war sagte hartnäckig und entschieden: es ist Zeit, es ist Zeit, es ist Zeit
und schon liegt unter meinen Füßen ein Stück Seidenstoff ein Muster aus einer italienischen Ausstellung
und neben mir steht ein männliches Geschöpf
und ein Geistlicher führt uns um einen kleinen Tisch herum
der kurzzeitig ein Analogion spielt
und diese Prozedur heißt Trauung
und das geschah mit mir mit keiner anderen
und das Stück gemusterten Stoff kann ich noch heute aus der Kommode nehmen und zeigen
damals glaubte ich auf dem gemusterten Stoff zu stehen und um den wackligen Tisch herumzulaufen sei eine notwendige Bedingung fürs Kinderkriegen
damals war ich noch Ljudmila

die Natur hatte nach einem Geschöpf männlichen Geschlechts verlangt zur Fortsetzung der Illusion des eigenen Daseins und nach Erfüllung dieser natürlichen Aufgabe wurden zwei Kinder geboren mit der Reaktionsschnelligkeit des Vaters geistreichem Humor leicht gezierten Lippen beim Lachen und mit einer Hälfte meiner Erbmasse – eigenwillig und selektiv aufgeteilt zwischen meinen Söhnen: der Ältere hat die gute Auffassungsgabe und Zielstrebigkeit bekommen der Jüngere das Künstlerische und die Fähigkeit es frei umzusetzen in seinem Fall in der Musik

nicht auf ewig war dieser Mann – nach zwölf Jahren verließ ich dieses Ägypten feierte die Einsamkeit eine gewisse Schwerelosigkeit der Befreiung
bei null beginnt alles Neue

danach ein neues Lebensmuster
gezeichnet von einem anderen Mann mit starkem unbeugsamem Namen
mit der unbeirrten Hand eines klugen unangestrengten Egozentrikers mit unfehlbarem Auge und dem natürlichen Gleichgewicht eines gesunden jungen Tiers
ohne jeden Zweifel an der eigenen Richtigkeit
manchmal trifft der Name genau und man braucht nicht auf einen anderen wahren zu warten

an stillen Abenden kann ich ein wenig trinken während mein Mann Andrej in seinem Leben bereits genug getrunken und gefeiert hat
jetzt im Alter trinke ich mich manchmal abends in einen angenehmen leichten Rausch nachts schreibe ich Worte auf und er schläft längst hinter der Wand auf dem sauberen Fußboden auf einer Bambusmatte vollkommen in seiner Art in seiner

völligen Aufrichtigkeit und Unbekümmertheit so wie er ist er kann und will nichts anderes sein als er selbst und all das liegt in seiner Bewegung von Bleistift-Hand-Schulter-Stein und Papier
das auch ich Tage und Nächte mit Zeichen bedeckte bis die Tastatur das furchteinflößende Weiß des Papiers besiegte

befreit vom Bemühen vom Können von Absichten entsteht das »jetzt genau jetzt nicht gestern und nicht morgen« das Mädchen das um eine graue Katze weint von der es gewaltsam getrennt wurde
und der Mann der nach Workuta zurückkehrt wie in seine Heimat
der Mann der auf der langen Reise erkennt dass es keine Heimat gibt sondern nur das Fenster aus dem er den ersten Baum sieht und die Leine auf der fadenscheinige Wäsche im Wind trocknet Ärmel und Beine schwingend
und der Körper schläft im Viehwaggon und vergisst wohin und wozu er strebte wovon er träumte
an den Schienenstößen stöhnt der Waggon und eilt ins Ungewisse

Mama verbot mir Großmutter anders zu nennen als Lenotschka so sehr wollte Mama ihre Jugend bewahren … geblieben ist nur noch ein Foto: wir drei sitzen auf einem Sofa mit runder Rückenlehne die noch junge Großmutter meine blutjunge Mutter und ich fünfjährig Großmutter ist ungefähr achtundvierzig viel jünger als ich heute … an der Seite steht eine Lampe weiß aus Porzellan säulenförmig mit lila-rosa Pseudo-Jugendstil-Blumenmuster die jetzt auf mein Kissen leuchtet

Großmutter Lenotschka eine große breitknochige voll-

busige Frau mit kurzem Hals stämmigen Beinen und hochgestecktem lockigem Haar … mit einem Hut wie man ihn damals trug
als sie alt war schnitt ich ihr immer die ergrauenden Locken kurz auch Mama schnitt ich die Haare … Locken schneiden ist leicht man sieht nicht wenn die Schere abgerutscht ist
wunderbare Zähne bis ins hohe Alter beim Lachen entblößte sie eine »dichte« Zahnreihe wie Tolstoi es bei Wronski nennt
sie lachte gern besonders wenn ihre ungesund dicke Schwester Sonja sie besuchte die ebenfalls große Zähne hatte aber außerdem noch große dunkelrote Nägel an den dicken Fingern …

Mädchen muss man Geschenke machen
Großmutters Schwester Sonja schenkte mir ein Strickkleid himbeerlila eine unglaubliche Farbe für die ärmlichen Zeiten damals sie hatte es nach dem Krieg von der Rigaer Küste mitgebracht
ich merkte mir das verheißungsvolle Wort Küste
in diesem Kleid umarme ich auf einem im Fotoatelier aufgenommenen Bild eine andere Sonja – meine Urgroßmutter väterlicherseits … auf dem Foto bin ich etwa drei

schade dass es heute kaum noch Fotos auf Papier gibt jeder fotografiert mit dem Smartphone für den Augenblick nicht für die Wand oder ein Fotoalbum es bleibt keine Spur außer in einer Wolke aber dort schauen wir nie hinein

das früheste Familienfoto hängt an der Wand – mein Urgroßvater Issaak Ginsburg ein alter Mann mit Kippa
das bedeutet: selbst wenn er getauft wurde als er in die Kadettenschule aufgenommen wurde ist er nach fünfundzwanzig Jahren Militärdienst im Alter zum Judentum zurückgekehrt

sein Georgskreuz für die Einnahme von Plewna 1878 habe ich im Vorschulalter mit auf den Hof genommen um damit zu prahlen und so verschwand es für immer aus unserem Haus

Jugendfotos von Issaak gibt es nicht kann es nicht geben – damals gab es noch keine Fotoateliers

mit dem Alter geht es bei den Juden immer durcheinander sie wussten nie wie sie einen Jungen eintragen lassen sollten um zwei Jahre älter oder um drei Jahre jünger

es gibt viele Sofias in der Familie außer dieser Ururgroßmutter noch die Mutter meines Großvaters Jakow die in den fünfziger Jahren bei ihrer Tochter Raja in Leningrad lebte – sie aß nie Konfekt sammelte es aber um es ihrem Sohn Jakow meinem Großvater ins Straflager zu schicken ich weiß nicht ob es ihn je erreichte

am Ende ihres Lebens wohnte diese Urgroßmutter in der Ostoshenka bei ihrem Enkel Sanja Rewsin einem der besten Linguisten des Landes

die familiären Linien verwirren sich … nur noch Bruchstücke

es gab noch eine weitere Sofia genannt Sonetschka eine komplizierte Verwandtschaftslinie – eine Tante von Großmutter Jelena jünger als ihre Nichte – das kommt vor wenn die Tochter mit dem Kinderkriegen anfängt ehe die Mutter damit aufgehört hat

die Nichte und die Tante heirateten zwei Brüder und wohnten fast ihr Leben lang in einer gemeinsamen Wohnung

Sonetschka war hochgewachsen vollbusig hatte lange Beine und ging ein bisschen gekrümmt … die Haushälterin sagte Jelena Markowna hat die Figur einer Städterin und Sofja Lwowna die einer Dörflerin … eine rätselhafte Bemerkung … ich würde es genau umgekehrt sagen

Haushälterinnen waren meist aus Kolchosen geflohene Mädchen vom Land … Großmutter Jelena hatte ihre eigene Lebensregel: jede neue Haushälterin wurde in die Abendschule geschickt wo sie den Siebenklassenabschluss machte … später heiratete sie einen Milizionär oder Hauswart also einen Provinzler mit Moskauer Wohnrecht und schickte als Ersatz für sich ihre jüngere Schwester oder ein anderes Mädchen aus ihrem Dorf …

ich erinnere mich an vier solche Mädchen

am Tisch in der Kaljajewskaja im großen Esszimmer das noch nicht durch eine Wand geteilt war – wie viele Personen saßen da bei wachsender Familie mittags abends an Feiertagen zu Pessach und Neujahr: Urgroßvater Chaim und seine Söhne Boba und Julik die Schwiegertöchter Lenotschka und Sonetschka und ihre Kinder Miruscha Vitja und Schurik drei Kinder von zwei Paaren

als Vitja und Schura erwachsen waren kamen dazu ihre russischen Ehefrauen Tanja und Tamara meine Mutter Marianna mit ihrem Mann meinem Vater Shenja und ich – meine Cousins waren noch nicht geboren – also zwölf

die zwölfte war ich Ljussja

am Pessachtisch regierte mein Urgroßvater Chaim ein kleiner Mann mit weißlichen blassblauen tränenden Augen … er las Verse in einer fremden Sprache wie mir schien aus der Tora eine geheimnisvolle Sprache

die Pessach-Matze – ein besonderes Stück Matze (Afikoman?) wurde versteckt ich musste es suchen fand es und bekam ein Geschenk dafür ich weiß nicht mehr genau was – doch an ein Geschenk erinnere ich mich eine Uhr – Onkel Vitja hatte mich überredet mir eine Uhr zu wünschen bist du verrückt widersprach ich erstaunt eine Uhr ist doch zu wertvoll für Kinder aber die Idee kam von Urgroßvater also wünschte ich mir eine Uhr und Urgroßvater band sie mir um ein kleines längliches Kästchen an einem schmalen Armband Urgroßvater war Uhrmacher er hatte aus verschiedenen alten Teilen eine Uhr gebastelt die sogar tickte … sie tickte nicht lange ich ging mit der Uhr hinaus auf den Hof wir spielten Kreisvolleyball ein Junge zielte mit dem Ball genau auf die Uhr sie fiel auseinander nur das offene Gehäuse mit dem Armband hing noch an meinem siebenjährigen Arm alle Federn und Rädchen lagen auf dem Boden samt dem Glas

nach mir wurden in der Familie nur noch Jungen geboren meine Cousins Jura und Grischa und Oleg ein Cousin dritten Grades – und diese Jungen zeugten wieder vier Jungen dazu kamen meine beiden Aljoscha und Petja … Aljoscha hat drei Söhne Mark Lukas und Lawrik insgesamt zwölf Jungen und danach ein einziges Mädchen Petjas Tochter Marianna sie trägt den Namen meiner Mutter die ihre Enkel nicht mehr erlebt hat

die Frauen der Familie waren starke Frauen

das Geschlecht wird vom Y-Chromosom bestimmt also vom Mann

ich glaube bei Völkern die in schweren Kriegszeiten leben werden mehr Jungen als Mädchen geboren

aber in unserer Familie waren es immer mehr Jungen

wie konnte ich das vergessen und wie gut dass ich mich nun daran erinnere

beim Pessachfest gingen irgendwann immer alle zur Wohnungstür und öffneten sie ein Stück um einen Engel einzulassen … das muss ich nachlesen den genauen Ablauf des Pessachfestes nach all den Worten eine sehr schöne Handlung – still kommt ein Engel herein

mit Geld kauft man Petroleum und Eis das wusste ich genau denn ich ging mit Urgroßvater Chaim oft in den Petroleumladen er mit einer großen Kanne ich mit einer kleineren … danach kaufte er mir Eis

ich wusste noch nicht dass man Geld braucht damit Essen auf dem Tisch steht aber ich wusste schon dass man Nachbarn Geld leihen muss

zu Großmutter kamen die Nachbarn und liehen sich Geld auch zu meiner Mutter und seit ich erwachsen bin kommen sie auch zu mir …

wir Juden gelten als reich und geben gern – ein Luxus des Reichtums

später begriff ich dass man Geld braucht um Leben zu retten … und noch später dass es Dinge gibt die man für kein Geld der Welt kaufen kann

und wieder eine Zeit später erklärten mir kluge Leute alle Probleme die sich mit Geld lösen ließen seien keine Probleme sondern Ausgaben

in diesem Zusammenhang habe ich eine Entdeckung gemacht

wenn du Geld verleihst rechne nicht damit es zurückzubekommen darum gib nur so viel wie du entbehren kannst

ich gebe Geld lieber einfach so als es zu verleihen

Geld macht mir Angst ich kann nicht damit umgehen aber das Geld mag mich ich habe meist mehr oder weniger genug und werde wohl auch in Zukunft welches haben … Lebenszeit bleibt mir weniger als Geld

ich habe gern Geld in der Tasche und auf dem Konto das gibt Sicherheit mein Geld wird nicht alle es kommt immer welches dazu geht weg dann kommt wieder neues

für Reiche ist das was ich an Geld besitze wenig für Arme ist es viel

zurück zu der kaputten Uhr

ich kam verheult nach Hause legte die Überreste der Uhr auf den Tisch und ging weiter weinen … auf Großmutters Sofa mit der runden Rückenlehne dort schlief ich unter Tränen ein mein Urgroßvater der Uhrmacher war fast blind … er holte ein längliches Porzellankästchen hervor darin lagen winzige Metallteilchen er bastelte damit herum und legte die reparierte Uhr wieder auf den Tisch nur den Riss im Glas konnte er nicht reparieren als ich aufwachte tickte die Uhr

Urgroßvater galt als blind aber ich wusste dass er alle an der Nase herumführte am meisten beeindruckte mich nicht die reparierte Uhr sondern meine Entdeckung: Urgroßvater du bist ja gar nicht blind …

ich habe eine vage Vorstellung von dem was danach kommen wird

etwas von meinem »Ich« wird bleiben … aber nur der beste der redigierte Teil der Rest wird hinweggefegt weggepustet wie Staub äußerlich werde ich mir noch ähneln aber ebenfalls in redigierter Form

bleiben wird mein kindlicher Gesichtsausdruck den ich lange hatte fast bis zum Ende

meine Hände werden bleiben und die Ungezwungenheit der Bewegungen die bei mir erst im Alter erwacht ist – normalerweise ist es umgekehrt aber ich habe jede Unbeholfenheit mit den Jahren verloren nach und nach wie ich jetzt das Gedächtnis verliere für Dinge die vor kurzem geschehen sind

und je mehr sich das Gedächtnis auflöst desto besser wird mein Gehör aber nur für Musik die ich im Alter viel höre
hohe Stimmen von Kindern und Frauen nehme ich schlecht wahr
mein Enkel Lawrik ruft jeden Tag an seine Piepsstimme kann ich kaum verstehen

mein erster Mann Jura hat nach unserer Scheidung das Model Katja geheiratet sie hat ihm Sacharka geboren Sacharka ist altersmäßig genau zwischen meinen beiden Söhnen ... Sacharka ist mein Patensohn Jura hat sich kurz vor seinem Tod taufen lassen
wir waren damals alle gefangen vom Christentum keine besonders süße Gefangenschaft aber sehr reizvoll
in den zwanziger Jahren des vorigen Jahrhunderts traten die Kinder von Intellektuellen aus diesem Grund in den Komsomol ein – zur Parteilosigkeit musste man erst heranwachsen

vor etlichen Jahren ging ich mit Katja über den Hof und uns entgegen kam Ljuda – ich sage: macht euch bekannt das ist Katja die zweite Frau meines ersten Mannes und das ist Ljuda die fünfte Frau meines zweiten Mannes ... eine Formel der achtziger Jahre ... unsere Eltern trennten sich noch anders – auf Nimmerwiedersehen

früher Morgen im Bett süße Träume ... ich habe es nicht eilig Quarantäne bin frei von allen Pflichten eine Art Stubenarrest ... morgens tut mir das Herz weh am Tag auch aber da merke ich es nicht weil ich beschäftigt bin ... ich habe entschieden alles behandeln zu lassen nur das Herz nicht denn ein Herztod ist schnell aber ich ahnte nicht dass das Herz so lange und so heftig wehtun würde – ich dachte, ein kurzer Schmerz und aus – aber nein

manchmal ist Lesen fast genauso angenehm wie Schreiben heute etwas Exotisches – zwei Erzählungen von Scholochow … Jura Frejdin sagt er sei ein guter Schriftsteller aber ich will nichts mehr über Kosaken und das Kosakenleben lesen bitte Nabokov oder höchstens Bunin … ich mag Anthropologie sehr wenn es um Massai Tungusen oder den Australopithecus geht nicht um Kosaken die sind zu nah zu laut und lieben Pogrome den stillen Don werde ich nicht wiederlesen zu viel der Ehre für ihn und seine Kosaken

gestern rief Nikita an – Jura Frejdin ist gestorben … er war so alt wie ich, zwischen uns liegen nur neun Tage

und Shenetschka Kolesnikowa ist am selben Tag gestorben – sie war vierunddreißig

Großmutter hatte einen guten Tod mit achtundachtzig
sie war nur einen Monat lang krank unsere Familienkrankheit – Krebs
Onkel Vitja und ich haben sie abwechselnd betreut ich tagsüber er nachts es war Juni wir brachten ihr Erdbeeren und sie sagte was bin ich für ein Glückspilz die Kinder bringen mir alter Frau im Juni Erdbeeren
sie starb zu Hause wurde dann in die Leichenhalle gebracht als sie im Sarg lag waren ihre Augen halb offen und ihr Mund mit dunklem Faden hässlich zugenäht … sie war beim Einatmen gestorben mit offenem Mund … sie war so schön gewesen und hatte ein ausgeprägtes Gefühl für ihre eigene Würde

heute ist der 26. Juni 2020 … heute wird das Urteil für Kirill Serebrennikow verkündet … er hat gut gesprochen – ein schändliches krankes Land … dieses Urteil ist eine Anklage gegen den Staat und eine Blamage vor der ganzen Welt

das Coronavirus rückt näher und seine Folgen sind unvorhersehbar auf jeden Fall wird es nichts Gutes bringen aber vielleicht geht der Rest verbessert daraus hervor die Zukunft lässt sich nicht vorhersagen genau wie die Vergangenheit aus der wir selbst auswählen was wir wollen – und was wir nicht wollen verwerfen wir

gegen Morgen halb im Schlaf ein Gedanke: ich muss für meine Kinder alles aufschreiben was ich über meine Vorfahren weiß

nach der jüdisch-biblischen Tradition wird der Stammbaum von der männlichen Linie abgeleitet »Abraham zeugte Isaak« und so weiter … aber die weibliche Linie ist zuverlässiger – eine Frau weiß genau wer der Vater ihres Kindes ist … das zum einen und zum anderen: der Mensch trägt in sich die Hälfte des Genoms der Mutter und die Hälfte vom Vater zwar bestimmt der Vater mit seinem Y-Chromosom das Geschlecht aber es enthält viel weniger Informationen als das X-Chromosom der Mutter

also ist der mütterliche Anteil immer größer

meine Mutter hat sich ihren Namen selbst gewählt als sie ihren ersten Ausweis erhielt sie entschied sich für Marianna weil es schön klang und dem Namen Miriam ähnelte den sie bei ihrer Geburt bekommen hatte zu Hause wurde sie Mirotschka genannt oder Miruscha

sie war ein wuseliges Vögelchen »nicht mit Klugheit geseg-

net« wie Tolstoi Natascha Rostowa beschreibt aber sie besaß die natürliche Gabe sich am Leben zu freuen eine fröhliche Energie
und die ständige Bereitschaft zu Mitgefühl

mir kommt ein seltsamer Gedanke – die ganze Familie läuft mit ausgedachten Namen herum
Mama hieß nicht Marianna sondern Miriam
Großmutter bestimmt nicht Jelena sondern irgendwie anders jüdisch
Großvater hieß nicht Boris sondern Bejnus
Urgroßvater nicht Jefim sondern Chaim
selbst Onkel Vitja trug eigentlich den Namen Avigdor …
doch sie alle kannten ihren wahren Namen ich aber trage mein Pseudonym Ljudmila den Namen einer böhmischen Fürstin die im Auftrag ihrer Schwiegertochter ermordet wurde
doch meinen wahren Namen kenne ich nicht

ich war etwa neun als ich mit meiner Mutter in eine Schusterwerkstatt ging dort stand eine alte Nähmaschine für Schuhe (eine superprofessionelle Singer – zufällig haftengebliebene Details sind immer wichtiger als diejenigen die wir für bedeutend halten) daran saß eine blasse Frau um die vierzig im schwarzen Kittel … jeder kannte jeden – die Verkäuferin im Brotladen der Schuster der Reviermilizionär alle waren Onkel und Tanten ein halb ländliches Vorstadtleben … tatsächlich war ganz in der Nähe die Station Nowoslobodskaja (neue Vorstadt) von dort fuhr eine Straßenbahn zum Sawjolowoer Bahnhof
meine Mutter sprach die Tante im schwarzen Kittel mit Vor- und Vatersnamen an – die habe ich nicht behalten aber das Gespräch …

warum sind Sie so blass Vor- und Vatersname
mir tut ständig der Bauch weh ich krümme mich Tag und Nacht Marianna Borissowna
das müssen Sie röntgen lassen kommen Sie zu mir ins Institut wir haben gute Röntgenärzte
das war eine wichtige Lektion für mich Rotznase was ich aber damals nicht begriff ... ich stand daneben und war beleidigt – wieso lädt Mama diese fremde Tante zu sich ins Institut ein ist schließlich keine Verwandte oder Freundin eher so was wie eine Haushaltshilfe
Mamotschka ich liebe dich bis heute auch für dieses Gespräch
vor sechsundvierzig Jahren ist sie gestorben ... schrecklich früh mit dreiundfünfzig ... auf der Woge ihrer letzten Liebe

von Kindheit an wollte ich besser sein als ich bin und handelte manchmal besser als es meiner Natur entsprach ... wahrscheinlich wollte ich gefallen ich möchte auch heute noch gern gefallen aber ich lächle wenn ich das bemerke – ein kindlicher Zug

meine früheste Erinnerung: ich hatte gerade erst laufen gelernt Mama sagte sehr früh mit neun Monaten ... ich bewege mich also noch etwas wacklig auf einem hausgewebten Läufer auf ein hohes Regal zu vor mir rollt ein Ball er ist bunt jedes Viertel in einer anderen Farbe ein Streifen auf jeden Fall rot einer blau der Ball rollt vor mir her ich will ihn einholen aber das ist schwer ich will vor dem Ball das Regal erreichen – aus Filmriss ... so laufe ich mein Leben lang zu diesem bedeutenden Regal

die zweite frühe Erinnerung: ich bin bei Großmutter Lena

zu Hause wo ich viel Zeit verbrachte ich stehe da habe die Arme auf eine mit einem Teppich bedeckte Liege gestützt und sammle meine Kraft um bis zu dem weißen Kachelofen zu laufen rund drei Meter laufe los die Arme vorgestreckt und pralle mit den Händen gegen den Ofen … er ist heiß ich verbrenne mich … wegen des heftigen Schmerzes habe ich diesen heroischen Lauf wohl behalten …
und auch wie ich später einmal bei Frost an der eisernen Klinke der Haustür leckte …
die Welt ist beängstigend so sengend und aufregend

auf der Liege mit dem Teppich liegt mein Urgroßvater in der Familie Großvater Chaim genannt in seinem Pass steht der Name Jefim Issaakowitsch Ginsburg
er lag nicht immer auf der Liege manchmal stand er auf zog einen weißen Seidentallit mit schwarzen Streifen an nahm ein Buch in die Hand und betete: lief im Zimmer auf und ab mit dem Buch in der Hand ich saß unter dem großen Tisch haschte nach den Troddeln des Tallit und er wehrte mich mit gespielter Strenge lächelnd ab
von diesem Tallit besitze ich noch die Seidentasche die einzige materielle Erinnerung an Urgroßvater und eine zerlesene zweisprachige Tora eine Ausgabe aus Vilnius vom Ende des vorletzten Jahrhunderts – sie steht im Regal im obersten Fach mit den unnützen Dingen
ich war sein erstes Urenkelkind die nächsten Urenkel drei Jungen hat er nicht mehr erlebt … er liebte mich mit ungeteilter Liebe

ich erinnere mich an Urgroßmutter Rosa Chaims Frau eine kleine sehr hübsche sehr hellhäutige weißhaarige Frau im weißen Nachthemd sie wird aus dem großen Mahagonibett gehoben
(ein Nachtschrank von diesem Schlafzimmer das Urgroßmutter zu ihrer Hochzeit geschenkt bekam steht noch immer bei mir in der Küche das Bett aber habe ich vor langer Zeit verdorben indem ich es auf den Balkon stellte) Urgroßmutter steht da die dürren Beine gespreizt und aus ihr spritzt ein schäumender gelber Strahl direkt in einen weißen Nachttopf den jemand unter sie hält … in mir erwacht zum ersten Mal ein Besitzergefühl das ist mein Nachttopf …
an mehr erinnere ich mich nicht nur an dieses einzige Bild sie ist fünfundvierzig gestorben da war ich zwei oder drei …

auf demselben Bett starb kurz darauf mein Urgroßvater dieses wichtige Ereignis meines Lebens habe ich schon mehrfach beschrieben: die Berührung mit dem Tod eines geliebten Menschen und überhaupt die erste Berührung mit jenem Punkt der mit den Jahren immer wichtiger wird
dieses Bild trübt sich nicht es wird sogar immer klarer Urgroßvater lag auf dem nämlichen Bett im Sterben um ihn war die ganze Familie versammelt seine beiden Söhne die beiden Schwiegertöchter Onkel Vitja und Onkel Schurik und noch jemand an den ich mich nicht erinnere
Mama brachte mich von draußen herein ich war im Pelzmantel Urgroßvater war kaum noch anwesend er blickte in die Richtung in die er sich auf den Weg machte
jemand zupfte an ihm Großvater Großvater Ljussenka ist da und er kehrte wie aus weiter Ferne zurück sein Blick fand mich nicht gleich er lächelte und sagte: was für ein großes Mädchen …

Schurik der damals auch im Zimmer war erzählte mir Jahre später Urgroßvater habe damals noch mehr gesagt: was für ein großes Mädchen alles wird gut! …
aber an das »alles wird gut« erinnere ich mich nicht

Mama nahm meine Hand und brachte mich nach Hause – wir bewohnten ein separates Zimmer im Nachbarhaus
unterwegs weinte Mama und ich verstand dass etwas Schlimmes geschehen war … die Worte »tot« »gestorben« wurden in meiner Gegenwart nicht ausgesprochen
dass Urgroßvater gestorben war sagte mir ein paar Tage später ein Mädchen auf dem Hof war das dein Großvater der gestorben ist nein sagte ich und sie sagte: doch in eurer Wohnung ist der Großvater gestorben
da verstand ich dass man das vor mir verborgen hatte

in unserem Hof lebte noch eine weitere jüdische Familie ich erinnere mich an einen unangenehmen dicken Jungen und seine Großmutter die neben der windschiefen Tür des armseligen eingeschossigen Hauses im Sessel saß und an ein Gespräch zwischen Urgroßvater und meiner Großmutter Lena seiner Schwiegertochter er sagt es wäre gut für ihn diese … an ihren Namen erinnere ich mich nicht … zu heiraten …
heute verstehe ich dass die Alte ihm einen Heiratsantrag gemacht hatte
Großmutter Lena beißt den Faden ab – sie näht irgendwas – und sagt: Papa wozu wir lieben Sie und kümmern uns um Sie wir brauchen keine fremde alte Frau im Haus … Urgroßvater nickt gehorsam ja ja Lenotschka …
bei den Juden war es früher üblich einsame alte Menschen zusammenzubringen
damit sie nicht trübsinnig wurden vielleicht …

eine schöne Geschichte: ich komme aus einer guten Familie das weiß ich von meinen alten Verwandten jedenfalls von Großmutter Lena und Urgroßvater Chaim – ihre Wohltätigkeit entsprang dem jüdischen Familiensinn … es gab da ein Mädchen Shenja die vaterlose Tochter von Ida einer Verwandten von Urgroßvater in Leningrad aber niemand hat sie je gesehen … Urgroßvater schickte ihr seine Rente denn er wurde ja zu Hause versorgt und brauchte kein Geld … das Mädchen war drei Jahre jünger als ich und außer Urgroßvaters Rente wurden ihr auch die Sachen geschickt aus denen ich herausgewachsen war

an die Adresse erinnere ich mich noch heute: Gribojedow-Kanal 63

Ida schickte ausführliche Dankesbriefe schrieb von ihrer Tochter wie wunderbar sie sei

dann starb Urgroßvater und ich erinnere mich dass Großmutter viele Jahre jeden Monat zur Post ging und Geld an Ida schickte genau den Betrag von Urgroßvaters Rente bis das Mädchen Shenja ihr Studium beendet hatte

Urgroßvater brachte mich auch in die Kindergruppe in Miussy nicht in den Park wo wir als Gruppe spielen gingen sondern in die Wohnung unserer Bonne Anna Julianowna … sie sprach deutsch mit uns – guten Morgen danke schön o mein Gott … Urgroßvater trug die Nachkriegsgefäße mit meinem Mittagessen … wir aßen nach dem Spaziergang alle zusammen bei der Bonne – Sascha Chelemski Mascha und Tanja Aliger und ein Junge an den ich mich kaum erinnere nur den Namen weiß ich noch: Mischa Oserow – alles Schriftstellerkinder bis auf mich … ich Nichtschriftstellerkind bin in die Gruppe gekommen weil meine Eltern mit der Fami-

lie des Frontdichters Jakow Chelemski befreundet waren sie mieteten gemeinsam eine Datscha in Kratowo … lange Zeit existierte noch ein Foto – Sascha und ich beide drei Jahre alt sitzen nebeneinander auf dem Nachttopf mit freundlich gelassener Miene … dann wurden wir älter begriffen den Unterschied zwischen M und D und pinkelten fortan getrennt …
Chelemski kommt heute zum Abendessen zu mir er führt eine Fernehe seine Frau ist Griechin lebt in Griechenland und es gibt keine Flüge
ich habe Fleischklopse gebraten und eine Suppe gekocht

nein nein keinerlei Chronologie wie es mir gerade in den Sinn kommt

mein erstes Zuhause war das meiner Großmutter eine »verdichtete« Wohnung in der Kaljajewskaja-Straße – heute heißt sie wieder Dolgorukowskaja wie früher – unser »Familiennest« in einem Nebengebäude im ersten Stock über eine Wendeltreppe zu erreichen
eine fast herrschaftliche Wohnung keine übliche Kommunalka – bei der Verdichtung wurde nur eine Familie einquartiert ich glaube noch vor dem Krieg die jüdische Familie Kogan ins letzte Zimmer ganz hinten
friedliche Koexistenz verdüstert durch heimliche Gereiztheit oder Neid – oder lag es daran dass Assja Kogan die Tochter eines Schächters war und die Kaschrut einhielt was unsere Familie nicht tat zumal Großmutter im Hauswirtschaftsunterricht am Gymnasium gelernt hatte dass Frikadellen aus drei Sorten Fleisch sein müssen – Rind Lamm und Schwein und das weckt bei echten Juden Verachtung

neben der Küche gab es eine Kammer darin schlief die Haushälterin und unter der Wendeltreppe war ebenfalls eine Kammer darin standen nicht mehr benutzte Sachen – ein vergoldeter kleiner Tisch ein dreiteiliger Spiegel nutzlose Antiquitäten

am Tisch im Esszimmer kamen an Sonntagen zwischen neun und zwölf Personen zusammen nicht weniger … die Haushälterin brachte die Suppenterrine herein dann das Hauptgericht setzte sich aber nie mit an den Tisch

als ich Jahre später Großmutter fragte warum die Haushälterinnen nie mit am Tisch saßen überraschte mich ihre Antwort: sie würden sich in unserem Beisein genieren zu essen sie fühlten sich in der Küche wohler dort aßen sie ungehemmt nur mit dem Löffel manchmal alle aus einer Schüssel

ich erinnere mich an Nastja die älteste der Haushälterinnen

als sie ins Haus kam verheimlichte sie dass sie schwanger war von ihrem vorigen Arbeitgeber … als sie sich bei uns vorstellte hatte sie sich ein Handtuch straff um den Bauch gebunden damit man nichts sah

sie brachte ein Mädchen zur Welt gab es in ein Kinderheim und besuchte es jeden Sonntag … als die Kleine fünf war heiratete Nastja einen Witwer mit fünf Kindern und holte ihre Tochter endlich zu sich

ich erinnere mich einmal kam Nastja uns besuchen mit ihrem Mann und mehreren Kindern Großmutter empfing sie gastlich deckte den Tisch im Esszimmer und trug selbst das Essen auf es war ein großes Zelt wir waren acht Mädchen darin – damals beim Praktikum in Tschaschnikowo nach dem ersten Studienjahr an der Biologie-Fakultät

eine kleine Armenierin stellte uns Pflanzen vor nannte sie bei Vor- und Familiennamen wie Menschen … dreihundert Pflanzen sollten wir persönlich kennen und eine Prüfung darüber ablegen

ein anderer Dozent erzählte uns etwas über Vögel ihren Charakter und ihre Stimmen …

ich erwärmte mich nur für die Krähen allerdings viel später als sie meine Nachbarn waren – sie hatten gegenüber von meinem Küchenfenster ein Nest gebaut und ich beobachtete sie die ganze Saison über konnte mich nicht losreißen von ihrem klugen vernünftigen Dasein … inzwischen wurde der Baum beschnitten und dabei genau die Astgabel entfernt in der die Krähen jedes Jahr ihr Nest bauten … nun wohnen sie auf der anderen Seite des Hauses dort stehen mehr Bäume eine richtige Entscheidung … aber ihr neues Nest ist weiter weg vom Fenster und es ist schwieriger ihr Leben zu beobachten

von den acht Mädchen aus dem großen Zelt in Tschaschnikowo hielt sich eines immer abseits wir übrigen sieben wurden enge Freundinnen

die schillerndste und beliebteste war Lena Lapina sie starb mit vierzig an Krebs

dann starb Lena Tschernyschewa das schönste Mädchen des Jahrgangs an Krebs

dann starb Ljalja Mejtschik an Krebs

ich hatte Glück und habe den Krebs überlebt

nun leben noch drei: Galja Iwanowa Alla Orlowa und ich

die siebte Lena Shebrowskaja heiratete nach Griechenland und verschwand aus unserem Blickfeld

die Koffernähmaschine die Großmutter 1917 zur Hochzeit geschenkt bekam steht nun als Andenken bei mir ich nähe seit Langem nicht mehr selbst
ich trage meine Kleidung jahrzehntelang und gewöhne mich nur schwer an neue Sachen
die Nähmaschine ernährte die Familie all die Jahre als Großvater im Straflager war und auch nach seiner Rückkehr
die Nähmaschine hat zusammen mit der Familie die Emigration überlebt … Großmutter nähte für fremde Leute natürlich nicht für Ortsansässige sondern für Evakuierte wie sie selbst es war … meist waren es Änderungen … sie hatte ein gutes Auge und geschickte Hände
das Alter verunstaltete ihre schönen klugen Hände mit dick geschwollenen Gelenken und gekrümmten Fingern … ihre Augen aber blieben bis zum Ende gut
Großmutter Jelena hat das Gymnasium mit einer Goldmedaille abgeschlossen – das Abzeichen bewahre ich noch immer auf … vier verschnörkelte Buchstaben die Abkürzung für Kalugaer Mädchengymnasium Salowa … Großmutter wollte die höheren Frauenkurse in Moskau besuchen doch die Eltern wollten das nur erlauben wenn sie heiraten würde und stellten ihr einen Bräutigam vor der ihr sehr gefiel … sie heirateten und zogen nach Moskau – aus dem Studium wurde nichts denn ein Jahr darauf 1918 wurde meine Mutter geboren – wäre sie nicht geboren worden gäbe es auch mich nicht und auch euch nicht meine Kinder und Enkel

in der Wohnung in der Kaljajewskaja stand ein Klavier davor ein Drehhocker und auf dem polierten Rücken des Klaviers ein Kerzenständer – der steht noch heute auf dem Klavier bei mir zu Hause … doch das Klavier von damals ist

spurlos verschwunden als Großmutters Wohnung aufgelöst wurde
das Klavier das jetzt bei mir steht hat mir mein Sohn Aljoscha vor einigen Jahren zum Geburtstag geschenkt
alle bei uns zu Hause konnten spielen auch Großvater und Onkel Vitja nur Großmutter nicht dafür arbeitete sie als Buchhalterin in einer Musikschule in die auch ich geschickt wurde … unterrichtet wurde ich von Anna Danilowna Artobolewskaja die aus gewöhnlichen Wunderkindern viele musikalische Genies gemacht hat … doch bei mir wurde daraus nichts
am meisten verabscheute ich am Musikunterricht den runden schwarzen Hocker er war kalt und klebrig und Strumpfhosen waren damals noch nicht erfunden darum klebte der nackte Teil des Beins zwischen Strumpfende und Unterhose am Hocker fest und das war scheußlich … dann erkrankte ich an Tuberkulose und sollte mehr an der frischen Luft sein als Klavier spielen
jetzt klimpert mein Sohn Petja ein bisschen auf dem Klavier – er ist Gitarrist … mein Enkel Lukas spielt wunderbar bei seinen seltenen Besuchen bei mir
und ich berühre hin und wieder die Tasten … von Jahr zu Jahr höre ich mehr Musik

ich erinnere mich an den kleinen runden Tisch auf dem der Fernseher stand einer der ersten in unserem Haus meine Freundinnen vom Hof kamen sich das Wunderding mit der großen Linse vor dem kleinen Bildschirm ansehen

mein Gott was für ein astronomisches Tempo – in meiner Kindheit gab es nur einige wenige Neuheiten wie den Fernseher

auch das Telefon in unserer Wohnung war eine Seltenheit …
D-1–11–58 so lautete unsere Nummer bis heute unvergessen
solche privaten Telefone gab es im ganzen Häuserblock nur
zwei …
und heute der Alptraum mit dem Mobiltelefon man kehrt um
wenn man es zu Hause vergessen hat selbst wenn man nur
kurz um die Ecke Brot holen geht

neue Dinge sind widerspenstig und leiden … bei mir leben sich nur alte Dinge ein – aus den Wohnungen meiner beiden verstorbenen Großmütter der Mutter von Andrejs Vater und vom Sperrmüll – das Tischchen neben dem Bett und ein Sessel
es gab eine Zeit da wurden alte Möbel weggeworfen um sie durch tschechische Anbauwände und Polstergarnituren zu ersetzen
bei mir im Flur steht ein zusammengeklappter Spieltisch den ich vor fünfzig Jahren der Fürstin Wolkonskaja für wenig Geld abgekauft habe in der Hoffnung ihn restaurieren zu lassen doch das habe ich bis heute nicht getan die Restaurierung ist unverschämt teuer
mit einem mehr schlecht als recht festgebundenen Bein dient der Tisch als Ablage für Schals und Schlüssel und nun auch für Einmalmasken und Gummihandschuhe
sie müssen einander hassen – das Empire-Mahagoni mit Spielfeldern für Schach und ein weiteres Spiel und dieses Wegwerfzeug

der erste tote Mensch aus meinem Umfeld – Nina Kotikowa ein blasses hochgewachsenes Mädchen mit aufgedunsenem Gesicht aus meiner ersten Klasse
kurz vor Neujahr blieb sie der Schule fern und kam nie wieder

nach Neujahr sagte man uns sie sei gestorben
die ganze Klasse ging zur Beerdigung in der Nachbarbaracke
in einer Küche mit vielen kleinen Tischen stand auf mehreren Hockern ein Sarg
es waren viele Menschen da und viele schöne Papier- und Wachsblumen sie erschienen mir viel schöner als echte
wir alle unsere gesamte Mädchenklasse traten von Angst gehemmt an den Sarg in dem die nun noch größere und noch blassere Nina Kostikowa lag
jedes der Mädchen die gekommen waren bekam einen Bonbon

wir müssen jemanden kommen lassen hieß es bei uns zu Hause … wenn die Klingel kaputt die Gardinenstange heruntergefallen oder die Toilette verstopft war dann kam jemand ein Klempner ein Tischler ein Schlosser ein Glaser
die Männer unserer Familie hatten alle linke Hände
selbst mein Urgroßvater der Uhrmacher
dabei war er doch eigentlich auch ein Handwerker
ein Andenken an dieses handwerkliche Ungeschick steht bei mir im Flur – eine kleine Schatulle aus Nussbaumholz mit Resten von Perlmuttintarsien und Spuren von Axthieben nicht sehr tief aber dicht gesät …
ich weiß wer das getan hat und warum: in der Wohnung in der Kaljajewskaja gab es fünf Öfen – einen Badeofen zum Erhitzen von Wasser einen Ofen im Flur einen im Schlafzimmer einen im Esszimmer und einen im Zimmer von Tante Sonja
Urgroßvater liebte das Heizen er setzte sich auf eine Fußbank vor den Ofen stapelte die im Schuppen gehackten Holzscheite im Ofen ordentlich zu einem lockeren Haufen … und dann spaltete er auf dieser Schatulle mit einem kleinen Beil oder

mit einem großen Messer kleine Späne von einem Scheit direkt auf dem Deckel dieser wertvollen Schatulle – wie er das übers Herz brachte verstehe ich bis heute nicht – dann entzündete er unter den gestapelten Scheiten ein kleines Feuer aus Spänen das auf die Scheite übergriff und bald bullerte der Ofen

mir gefielen die Männer die zu uns kamen und ein Schloss reparierten eine Tür und alles was eine kluge männliche Hand erforderte
ich brauche keinen Wissenschaftler mit Doktortitel ich bin selber klug
ich will einen Mann mit klugen Händen und klugen Augen an meiner Seite …
genauso ist es ja auch gekommen – ich betrat ein Atelier dort bewirtete der Künstler die Gäste mit Suppe aber es fehlte ein Löffel … er nahm ein Stück Holz und ein Beil und schnitzte – eins-zwei – einen Löffel … diesen Mann habe ich geheiratet allerdings nicht gleich sondern rund zwanzig Jahre später
jetzt kann ich ihn kaum dazu bewegen einen Stuhl zu kleben dabei kann er doch alles

als mein Sohn Petja fünfzehn war kamen wir zufällig in Großmutters Wohnung aus der sie vor langer Zeit ausgezogen war
Aljoscha war damals schon in Amerika … Verbindung zu halten war schwierig darum schickte er seine Briefe mit Gelegenheitskurieren –
einmal wohnten die Leute die einen Brief mitgebracht hatten in der Kaljajewskaja neunundzwanzig … direkt neben der Einunddreißig in der Großmutter gelebt hatte
ich fuhr mit Petja hin holte den Brief ab und beschloss Petja

unser altes Haus zu zeigen … wir stiegen die Wendeltreppe hinauf in den ersten Stock blieben vor der Tür stehen ich stieß leicht dagegen sie war offen … wir gingen hinein
hier im Flur sage ich stand der Bücherschrank aus Mahagoni da war das Esszimmer da Großmutters Zimmer …
auch die Tür war offen wir gingen hinein – mitten im Zimmer ein großer Tisch darauf Gras … um den Tisch herum vier Leute sie verpacken das Gras in kleine Tüten …
o denke ich gleich kriegen wir eine Kugel in den Kopf …
ich lächle aus Leibeskräften sage guten Tag ich habe vor hundert Jahren in dieser Wohnung gelebt ich wollte sie meinem Sohn hier zeigen
die Leute erstarren misstrauisch
ich führe Petja zum Fenster – hier sage ich war eine Balkontür aber du siehst der Balkon wurde abgerissen … hier stand Großmutters Bett hier die Nähmaschine die jetzt bei mir steht …
danke sage ich vielen Dank und auf Wiedersehen
Petja wusste damals noch nichts von Gras und was es sonst noch so gibt er kannte es nicht und hat vermutlich nicht verstanden was die Leute da taten

zuerst verliebte ich mich nicht in die Biologie sondern in die gläsernen Laborgefäße … noch heute liebe ich solche Dinge wie Reagenzgläser Kolben Trichter Petrischalen
im biochemischen Labor in das ich meine Mutter manchmal begleitete konnte ich den Blick nicht wenden von diesem Glaszeug
nachdem ich durch die Aufnahmeprüfung fürs Biologiestudium gefallen war arbeitete ich als Laborantin in einem Labor für Hirnforschung

neben den Glasgefäßen fand sich dort auch noch ein höherer Sinn
ich verliebte mich so sehr dass meine Hände geschickt wurden und sich die feinen Arbeitstechniken einer Histologie-Laborantin aneigneten als wäre das alles mir nicht neu sondern eine Rückbesinnung auf Dinge die ich früher einmal konnte und nur vergessen hatte …
so ging es mir mit dem Mikrotom dem Binokular und dem Mikroskop
damit fand ich mich sofort zurecht nur mit Elektrizität nicht
bis heute lebe ich im Zwist mit elektrischen Geräten sogar mit Bügeleisen und Kaffeemühle

das Biologiekabinett in der Schule lag im dritten Stock und neben der Schule gab es einen kleinen Garten in dem dies und jenes wuchs und wo im Frühjahr diverse Tierchen herumspazierten
auserwählte Lieblingsschüler der Biologielehrerin brachten die Bewohner des Biologiekabinetts ins Freie – ein Kaninchen eine Schildkröte und eine Ringelnatter
die Lehrerin ihren Namen habe ich vergessen vertraute mir die Ringelnatter an und die schlang sich um meinen Arm vom Handgelenk bis zum Ellbogen
die Schlangenhaut fühlte sich kalt an und machte mir Angst
gestern fanden wir auf Iras Grundstück in der Nähe eines schattigen Teichs eine abgeworfene Schlangenhaut – dort lebt eine ganze Ringelnatternfamilie … die Haut war durchsichtig und mit kleinen Rhomben gezeichnet sie sah kostbar aus
nein nein nein – Schuhe Taschen oder Sonstiges aus Schlangenleder so etwas habe ich nie besessen

in unseren Studentenjahren saß ich einmal mit Lena Lapina und einer Dritten während des Praktikums drei Stunden lang im Sumpf wir beobachteten wie aus einer Puppe ein Schmetterling schlüpfte dann lange die Flügel trocknen ließ die sich langsam entfalteten … Lena fotografierte wir anderen zeichneten und dann flog der Schmetterling davon …
jetzt erinnere ich mich wer die Dritte war – Galja Iwanowa
ich muss sie fragen zu welcher Art der Schmetterling gehörte
ich weiß es nicht mehr

meine Liebe zur Wissenschaft wurde nicht erwidert
ich wurde vertrieben aus der Botanik der Zoologie
aus der Physiologie und der Genetik
in der Genetik braucht man längst keine Glasgefäße mehr
Genome werden ohne Petrischalen und gläserne Objektträger sequenziert
in die Welt der Molekulargenetik hat mich das Schicksal nicht gelassen aber ich versuche immer wieder hineinzuschauen mit Hilfe von Richard Dawkins Matt Ridley Alexander Markow Assja Kasanzewa …
ich verstehe halbwegs wovon die Rede ist
nicht ich habe die Genetik verlassen sie hat mich verstoßen
schade natürlich aber so hat es das Schicksal gefügt

den Weg nach Kratowo kenne ich seit über siebzig Jahren
als Fünfjährige stand ich an der Hand von Urgroßvater an der Bahnstation Kratowo und erwartete meine Mutter aus der Stadt – sie stieg aus der Vorortbahn mit ihrem Chaplin-Gang die Fußspitzen auseinander gespreizt in einem eng anliegenden Seidenkleid

und mit einem schwarzen Hut mit Krempe und einem Sträußchen künstlicher Vergissmeinnicht darauf ... und mit zwei Taschen ...
Jubel Freude aber wir stehen auf der falschen Seite – der Zug hält am gegenüberliegenden Bahnsteig ... hinüberzulaufen ist verboten – die Großmutter einer mit uns verwandten Familie die auch hier eine Datscha mietete wollte einmal unter dem Bahnsteig durchkriechen sie streckte ihren armen weißhaarigen Kopf zwischen zwei Stützpfeilern heraus genau vor eine vorbeirasende Lok ... unter dem Bahnsteig lag die Tasche voller Eier
die sie ihrer Familie bringen wollte ... allesamt noch heil

noch etwas kann ich nicht vergessen – wir fuhren von der gemieteten Datscha mit einem LKW zurück nach Moskau ... auf der Ladefläche Betten Tische Stühle und Mama und ich ... Urgroßvater sitzt in der Fahrerkabine er trägt eine weiße Leinenhose und hat ein Netz in der Hand darin sitzt eine Ente das ehemalige Entenküken das zu Beginn des Sommers auf dem Markt für mich gekauft wurde
ich habe mit ihm gespielt es gefüttert es folgte mir auf Schritt und Tritt im Laufe des Sommers war das Küken herangewachsen doch es zu essen war undenkbar – man kann doch kein Haustier essen ...
ich bettelte dass die Ente mit nach Hause kommt
Urgroßvater transportierte sie bis nach Moskau das Netz hielt er aus dem Fenster denn die Ente kackte auf seine weiße Leinenhose
die Ente lebte lange bei uns im Holzschuppen ... Urgroßvater brachte ihr immer Reste von unserem Essen
ich erinnere mich wie er nach dem Teetrinken Gebäckreste

einsammelte und Lenotschka um eine Teebüchse bat um sie der Ente zu bringen
Großmutter lachte und sagte Enten trinken keinen Tee …
kurz vor dem Winter stahlen Jungen vom Hof die Ente
sie aßen sie – sie waren nicht sentimental

es gibt im Grunde keine Chronologie sie ist etwas Provisorisches um das Ausfüllen von Dokumenten zu erleichtern
das Leben aber ist rund und weit es bewegt sich nicht in eine Richtung und auch nicht nur in vier Richtungen manchmal wird der Horizont durchbrochen oben und unten lösen sich auf und der Wind der Todesahnung bläst uns ins Gesicht

ein verwahrloster Wald sagt Andrej – er versteht etwas davon … seine Eltern arbeiteten beide im Institut für Forstwirtschaft und auch er hat einiges Wissen über den Wald mitbekommen
die Kasaner Chaussee war das größte Kieferngebiet im Umland von Moskau doch die Kiefern werden immer weniger – Mischwald: anspruchsloser Ahorn Espen und Sträucher

bei Andrej im Atelier ist die Welt vollkommen von großer Schönheit und Geschlossenheit wie ein eigenes Koordinatensystem
oben unten Horizontale und eine weitere Dimension ohne Namen

ein Tag auf der Datscha von Ira Schipatschowa in Saosorje …
im See Danilowschina bin ich in Süßwasser geschwommen zum ersten Mal seit ich weiß nicht wie vielen Jahren dreißig-vierzig-fünfzig

in verschiedenen Meeren bin ich oft geschwommen im Schwarzen in der Ostsee und vor allem im Mittelmeer an der ligurischen Küste

Kontinentalklima ist wunderbar Winter Frühling Sommer Herbst – das alles gibt es in heißen Ländern nicht
wie leben nur die armen Menschen am Äquator bei immer gleichem Wetter

Ich liebe alles Grün das in Freiheit wächst doch zu Hause mag ich es nicht
gerade heute habe ich zwei Topfpflanzen von meinem Fensterbrett ins Treppenhaus gestellt sie waren zufällig in mein Haus gekommen
und haben mich belastet weil ich ständig vergaß sie zu gießen und mich dann schuldig fühlte
jetzt sind sie Gemeingut

ich wollte Gogol noch einmal lesen habe aber meine Brille vergessen
Gogol liegt neben mir doch die Schrift ist schrecklich und nicht lesbar
ich wollte mir seine ganze Figurenschar noch einmal ansehen und die heutigsten heraussuchen – Nosdrew ist Gouverneur
Manilow arbeitet beim Fernsehen und spricht mit süßer Stimme von der Zukunft
Korobotschka ist die Geliebte eines Oligarchen und kauft Brillanten und Antiquitäten
Sobakewitsch hat sich vervielfältigt und sitzt überall
Chlestakow ist Präsident
nein das ist nicht lustig

es ist ein Brief gekommen
dieser Tage wird die Urne mit der Asche von Boris Arkadjewitsch Lapin aus Sotschi nach Moskau gebracht
er ist im hundertsten Lebensjahr gestorben hat seine Tocher Lena um fünfzig Jahre überlebt und auch seinen Sohn Arkascha um einige Jahre
er war der letzte ehemalige Frontsoldat unter meinen Bekannten
Akademiemitglied und ein ungeheuer mutiger Mann –
allein wie er sich 1953 in den judenfeindlichsten Zeiten weigerte zwei jüdische Mitarbeiterinnen zu entlassen trotz mehrfacher Anrufe aus der Akademie der Wissenschaften mit der Forderung sie unverzüglich rauszuwerfen …
er war damals Forschungsdirektor des Instituts für Primatologie in Suchumi
an der Front war weniger Mut nötig als dafür, im normalen sowjetischen Alltag nein zu sagen … er behielt die beiden Jüdinnen stufte sie nur zu leitenden Laborantinnen zurück …
dann starb Stalin und die beiden kehrten auf ihre vorherigen Stellen zurück
er war Invalide hatte im Krieg ein Bein verloren beim Dienst in einer Aufklärungskompanie war er auf eine Mine getreten
Soldaten trugen ihn zurück
er war ein Held von Anfang bis Ende

als ich mit meinen Freundinnen vom Hof zum ersten Mal die Pimen-Kirche betrat hatte ich das Gefühl etwas Kriminelles zu tun – ich als Jüdin hatte dort nichts zu suchen
ich war noch keine zehn Jahre alt doch den tiefen Widerspruch zwischen Judentum und Orthodoxie spürte ich deutlich

hier begann meine Abkapselung von meinen Freundinnen und Klassenkameradinnen die sich in späteren Jahren noch verstärkte …
an jenem Tag war irgendein Feiertag die Kirche war voll der Geruch von brennenden Kerzen und Weihrauch hatte etwas Magisches … Gesang in einer seltsamen Sprache nur einzelne Wörter waren russisch der Rest aufregend unverständlich ich empfand etwas wie Neid – das ist so schön und nicht meins und allein meine Anwesenheit hier riecht kriminell
wer konnte ahnen dass ich fünfzig Jahre dort stehen würde und auf die Worte reagieren die ich auswendig kannte um dann leicht und schmerzlos wieder hinauszugehen
nein nein ich habe nicht umsonst so lange dort gestanden aber von dort trug es mich hinaus in einen anderen Raum der wunderbar leer ist und frei

Andrej meditiert aber ich weiß nicht wie das geht
am Ende meiner Schulzeit gab es wohl mal eine Phase da ich diesem Zustand Nirgendwo-Sein nahekam
in der zehnten Klasse war mir die Schule eine Last damals war ich keine Bestschülerin mehr nahm Nachhilfestunden in Physik und Chemie für die Aufnahmeprüfung an der Universität und in der Schule saß ich nicht mehr vorn in der ersten oder dritten Bankreihe sondern in der letzten ganz hinten und fiel in einen Zustand der einer Ohnmacht ähnelte
das war meine Schule der Meditation

Pflichtgefühl – was für ein Fluch von wem nur habe ich diese Bürde
vielleicht von Großmutter Lena – sonst kommt keiner in Frage

Mama erledigte alles Notwendige mühelos ohne sich anzustrengen
Vater entzog sich generell so unbequemen Dingen wie dem Pflichtgefühl ihn reizte die wunderbare Leichtigkeit des Lebens das Dahingleiten auf der Oberfläche jede Tiefe schreckte ihn er lief sein Leben lang vor Schwierigkeiten davon
am glücklichsten war er wenn er auf einer Wattejacke unter seinem Auto lag und mit einem Schraubenschlüssel die Eingeweide seines Moskwitsch reparierte
auch Mama belastete sich nicht mit Pflichten eheliche eingeschlossen
nur ich bin aus der Art geschlagen mit meinen Listen von Versprechen Verpflichtungen und zu erledigenden Aufgaben

die Träume haben nicht aufgehört aber ich behalte sie nicht mehr
gleich kommt Nikita Schklowski und bringt einen Neurologen mit
der wird mir eine Wunderpille für das Gedächtnis verschreiben
und dann – wer weiß – werde ich mich wieder an meine Träume erinnern

ich habe eine Datei mit diversen Entwürfen durchgesehen – ich sollte mir einen davon vornehmen und zu Ende bringen
aber nein
es gibt nur noch einen Sinn – das tägliche Leben zu Text zu formen
wenn ich das nicht tue bleibt nichts mehr
eine Frage nur für das Jüngste Gericht – für wen sonst

soll ich den ganzen Müll wegwerfen – dann besteht die Gefahr dass überhaupt nichts mehr bleibt

mit meinen neuen gültigen Papieren flog ich nach Ligurien über Rom übernachtete im Flughafenhotel das Zimmer hatte so viele Winkel dass ich sie nicht zählen konnte und die meisten waren stumpf oder spitz

unmöglich zu erraten wie ich heiße und wie du heißt
so viele Menschen laufen mit falschem Namen herum
mit Pseudonym Nickname oder Spitzname
und ahnen es nicht einmal
doch manchmal trägt jemand seinen wahren Namen
und du spürst sofort – das ist der wahre Name
bald sehr bald wird er mir offenbart
mein wahrer Name

MEIN KÖRPER UND SEINE NARBEN

MEIN KÖRPER

die Hüllen nicht vergessen
am Anfang sind es drei
die erste ist dem Neugeborenen ins Gesicht geschrieben –
Nase Mund die Form von Stirn und Nasenlöchern
diese erste Hülle die sich mit der Zeit verändert tragen wir bis zu unserem Ende
wenn das Kind heranwächst zieht man ihm die ersten Hosen und Kleider an und wenn es erwachsen wird wählt es sich diese zweite Hülle aus Kleidern selbst
darin bin ich Expertin – die zweite Hülle erzählt von der Haltung zu sich selbst und zur Welt ... persönliche Eigenschaften sind erkennbar in der Wahl von Farbe Schnitt Preis Angemessenheit Bequemlichkeit – Unbequemlichkeit ... achtlose Gleichgültigkeit erzählt ebenso viel wie launische Vorlieben und Feinheiten in der Wahl von Krawatte Strümpfen Make-up alten Kleidungsstücken oder modischen Neuerwerbungen
die dritte Hülle – das Haus – wird gewählt oder gebaut mit Bedacht und Gefühl oder achtlos: es ist eine Entscheidung über die große Frage nach dem Raum und dem Punkt in diesem Raum aus Flächen entschlossene Bereitschaft zur Verteidigung des Hauses der Festung zum Schutz der Geheimnisse von Nest und Sarg

diese Hüllen enthalten Botschaften und Bekenntnisse und verschließbare Türen – offener Hemdkragen und straff gebundene Krawatte spiegelblanke Schuhe und weiche geflickte Sandalen … ein krumm und schief unterteiltes Zimmer ein unsinnig platziertes Buffet – das alles sind Zeichen der Persönlichkeit ihre Erkennungszeichen
ich lese dieses Buch ich bin groß im Chiffrieren und Dechiffrieren –
eine Dame behängt mit Brillanten ein Mann mit einem Schnipsel Zeitungspapier auf der Schnittwunde vom Rasieren scheußliche modische Jeans mit künstlichen Löchern und demonstrative Flicken auf nagelneuen Hemden Label herausgetrennt oder zur Schau gestellt – Stolz Bescheidenheit Eitelkeit Dreistigkeit Demut – ich erkenne sie an Mützen abgerissenen Schnürsenkeln und polierten Fingernägeln
Hüllen sind gefährlich durchsichtig
nehmt euch also in Acht – ich erkenne sie

von anderen Hüllen weiß ich nur dass es sie gibt doch ich kann sie bislang nicht sehen und nicht lesen

der Körper ist die erste Hülle in die diese Ljussja Ulitzkaja eingeschlossen ist … das ist so bei allen und jedem – man muss seinen Körper als etwas Materielles erkennen und lernen gut mit ihm umzugehen und für ein gutes Verhältnis zwischen Körper und Seele sorgen

ich habe dafür viele Jahre gebraucht aber ich kann nicht sagen ich hätte es gelernt
was mir an mir selbst nicht gefällt – das ist eine lange Liste
ich beginne mit der kurzen – was mir gefällt

mir gefällt an meiner Hülle nicht sehr viel
erstens meine Hände – ein Erbe von Großmutter Marussja, aber ihre Hände waren etwas schmaler … meine Finger sind in Ordnung lange Gelenke nicht geschwollen aber die blauen Venen sind stark hervorgetreten jetzt nur an der rechten denn just nachdem ich geschrieben hatte dass meine Hände mir gefallen geschah etwas sehr Unangenehmes mit meinem linken Arm eine seltsame und hartnäckige Sache: vor zwei Wochen gleich am ersten Tag als ich hinunterging zum Meer und badete streifte eine Qualle leicht meinen Arm – der rote Streifen war kaum wahrnehmbar und blieb ohne Folgen doch einige Tage vor meiner Abreise stieß ich im Wasser erneut auf eine Qualle und diese hielt sich nicht zurück sie hinterließ ein starkes Brennen auf der Schulter das mit einer Salbe schnell abklang doch die Schwellung nach dem Kuss der Medusa wird immer stärker mein Arm ist bald so dick wie ein Elefantenbein … morgen fliege ich nach Moskau ich brauche wohl eine Lymphdrainage man darf sich selbst nicht loben das hat jemand aus der feindlichen Welt gehört und mir die Medusa geschickt

mit meinen Händen war ich immer zufrieden aber meine Fingernägel sind unscheinbar wie die von Mama und von Papa – dreieckig, dünn und brüchig
Mama schnitt ihre Nägel fast immer ganz kurz sie hatte raue harte geschickte Arbeitshände ohne Zierrat … sie ertrug keine Handschuhe bei ihrer biochemischen Arbeit die störten sie genau wie mich – ich kenne viele Frauen die selbst beim Geschirrspülen Handschuhe tragen doch ich berühre gern womit ich arbeite

ja, auch mein Kopf gefällt mir
ich meine natürlich die Form keineswegs den Inhalt
zweimal im Leben lief ich mit kahlem Kopf herum – das erste Mal weil nach der Chemotherapie die Haare allmählich ausfielen und ich sie mir selbst abrasierte und das zweite Mal durch meine Unachtsamkeit: damals schnitt ich mir die Haare nicht mit der Schere sondern mit dem Bartscherer meines Mannes den ich auf die nötige Länge einstellte ein zwei Zentimeter für einen Bürstenschnitt und einmal rutschte der Aufsatz ab und die erste Bahn von der Stirn bis zum Scheitel wurde ein kahler Streifen also musste ich mich gänzlich kahlscheren
kurz darauf ein Empfang – Booker Preis oder Bolschaja Kniga – ich laufe kahlgeschoren herum und höre wie hinter mir eine Frau zu einer anderen sagt: Ulitzkaja muss wieder mal eine Schau abziehen

die Behaarung des Menschen ist ein Atavismus – ob die Menschen in tausend Jahren noch Körperbehaarung haben werden so sie als Gattung überleben – wer weiß

in der Kulturanthropologie ist viel von Haaren die Rede man zieht an einem Haar und entdeckt eine Vielfalt an Religiösem Gewohnheiten Moden Diktatorischem und eine Menge Mystisches … Haare zu berühren ist tabu Haarsträhnen werden verschenkt Haare werden vollkommen beseitigt einzeln ausgerissen abgeschnitten verbrannt in der Erde vergraben besprochen in Medaillons aufbewahrt …

wenn es mir schlecht geht schneide ich mir die Haare das hat etwas Rituelles und Archaisches die Haare abschneiden und sich mit ihnen von der Situation befreien – es hilft nicht immer aber nach dem Haareschneiden fühle ich mich besser ich habe mir die Haare erst vor Kurzem geschnitten aber ich muss sie wohl ganz abscheren so elend ist mir zumute

meine Haare waren seit meiner Kindheit dicht und dunkel nicht tiefschwarz sondern vom schönen Farbton schwarzen Kaffees und leicht gewellt

das jüdische kleine Teufelshorn an der Stirn – Zeugnis der Zugehörigkeit zum negroiden Typus – zeigte sich nur in meiner Kindheit und verschwand später fast von selbst

als Kind trug ich einen Pony ich machte das Horn nass und band ein Tuch darüber damit es sich glättete

das erste Mal schnitt ich mir zwischen siebter und achter Klasse die Haare selbst und färbte sie wobei ich mir eine leichte Vergiftung mit Wasserstoffperoxyd holte

die gefärbten Haare erzielten eine große Wirkung in der Schule es wurde sogar eine Klassenversammlung einberufen

die sanfte Leitung der Versammlung hatte die wunderbare stellvertretende Direktorin Alexandra Petrowna eine gefärbte Blondine schön und gepflegt

die Klasse schwieg dumpf – nicht dass ich besonders beliebt war aber ich stand in der Mädchenhierarchie ziemlich weit oben

meine Klassenkameradinnen verurteilten mich träge für meine Frisur und den kurzen Rock (aus einem alten Rock meiner Mutter geschneidert knielang für damals extrem kurz) …

schließlich erinnerte jemand daran dass ich Arm in Arm mit einem jungen Mann gesehen worden war was ich glänzend parierte: das ist ein wunderbarer junger Mann er ist sogar Parteimitglied

das Lustigste daran – es war die reine Wahrheit Igor Kogan studierte am Institut für Physik und Technologie ein Studienplatz dort war schwer zu bekommen – er hatte vorher zwei

Jahre in einem Betrieb arbeiten müssen und war in die Partei eingetreten um seine Studentenlaufbahn zu erleichtern
ich traf ihn vor sieben Jahren in Israel es geht ihm gut er lebt in der Nähe der Festung Herodion früher wohnte er bei uns um die Ecke in der Selesnjowskaja-Straße

einige Jahre lang schnitt ich mir die Haare kurz dann ließ ich sie wieder wachsen und als ich nach der Schule als Laborantin am Institut für Pädiatrie arbeitete trug ich Zopf oder Dutt … ich hasste Haareschneiden beim Friseur empfand es als demütigende Gewalt: du sitzt mit einem weißen Tuch um den nassen Kopf vor dem Spiegel aus dem dir ein erschrockenes »Nicht-Ich« entgegenblickt …
wie gut mir das Haareschneiden gelingt spielt kaum eine Rolle meine Haare sind nicht wie Mamas Haare sondern eher wie Papas das zeigte sich deutlich als ich grau wurde – auf schöne Art wie Vater
Mama ist nicht ergraut – sie starb vorher

dies zum Schluss noch zum Kopf – gegen meine Ohren hatte ich nie etwas einzuwenden sie waren immer ein wenig zu groß aber ich mag Menschen mit großen Ohren die Ohren sagen etwas aus über ihren Besitzer das fühle ich … die kleinsten und hübschesten Ohren hatte Ljubotschka die Frau meines inzwischen verstorbenen Theatermentors Viktor Nowazki und irgendwie gab es einen Zusammenhang zwischen diesen Ohren und kleinen Charakterfehlern aber vielleicht auch heimlichen Talenten

seit einigen Jahren mache ich meinen Ohren einen großen Vorwurf – ich höre schlechter und ermahne sie sich anständig zu benehmen mir das Gehör nicht ganz zu rauben doch erstaunlich – je schwächer mein Gehör desto empfänglicher werde ich für Musik ich höre und verstehe sie immer besser danke Ohren ich liebe euch und bitte euch die Taubheit ein wenig zu verzögern und euch noch länger zu halten … gut dass es die Ohren sind die allmählich versagen und nicht die Augen … ich besitze ein hochmodernes Hörgerät das hat mir Doktor Leonid unentgeltlich aus Israel geschickt … auch so etwas gibt es

weiter – der Hals

alle in Mamas Familie hatten einen kurzen Hals den kürzesten hatte meine Mutter bei mir hat Großmutter Marussja etwas an Länge zugegeben danke …
meine ganze Kindheit lang litt ich darunter, dass ich Papa ähnlich sehe und nicht Mama – sie war sehr schön alles an ihrem Gesicht war wohlproportioniert und edel: die rundliche Stirn die Nase mit dem kleinen Höcker die geschwungenen Brauen der Mund mit der schön gezeichneten Oberlippe – ein bogenförmiges ovales Gesicht das zum Kinn leicht spitz zulief … ich habe wenig von ihr geerbt höchstens die Form der Augenbrauen

die mütterliche Seite hat mir Gedrungenheit, Festigkeit und breite Knochen mitgegeben und mir die Vorzüge der väterlichen Linie vorenthalten – lange Beine leichte Knochen helle Augen ich erinnere mich dass Großmutter Marussja einmal sagte ihr Sohn sei gebaut wie Apoll aber heute seien eher Herkulesse mit durchtrainierten Muskelpaketen in Mode …

Schluss. Genug experimentiert. Weiter schreibe ich, wie meine Hand es gewohnt ist, mit allen üblichen Satzzeichen.

Meine inzwischen recht veralteten Genetik-Kenntnisse sitzen noch tief in mir. Ich weiß sehr wohl, dass die Vererbung von Eigenschaften weit komplizierter ist als die schlichte Wechselwirkung von dominantem und rezessivem Gen, dennoch interessiere ich mich sehr für das, was ich als tief verborgene Rezessivität bezeichnen würde. In jedem Menschen ist vieles versiegelt und wird nicht an die unmittelbaren Nachkommen weitergegeben, sondern für kommende Generationen bewahrt.

Von Großmutter Marussja habe ich außer schönen Händen eine kleine Brust mit kleinen flachen Brustwarzen geerbt, und obwohl ich reichlich Milch hatte, konnte ich meine Kinder nicht stillen. Meine Söhne hatten nicht genug Kraft, die Milch aus mir herauszusaugen, und nachdem ich mich bei Aljoscha drei Monate lang mit dem Stillen gequält hatte, löste ich das Problem bei Petja radikal – ich band die Brust gleich nach der Geburt mit einem Tuch straff ab, und die Milch versiegte so rasch, wie sie gekommen war.

Mütterlicherseits habe ich nicht die Vollbusigkeit geerbt, sondern die Neigung zu Krebs, und der befiel vor zehn Jahren meine Brust. Allerdings nicht besonders aggressiv; auch der erste Krebs meiner Mutter, den sie mit vierzig bekam, war noch bezwingbar und verschwand nach der Operation, und so geschah es auch bei mir. Aber vielleicht verdanke ich das vor allem dem Fortschritt der Medizin, die Brustkrebs inzwischen heilen kann, lymphatische Neoplasien, die in die DNS meiner Mutter oder in ihren Schicksalstext eingeschrieben waren, hingegen noch nicht. Daran ist meine Mutter mit dreiundfünfzig Jahren gestorben.

Und ich bin schon fast achtzig.

So ist das.

Weiter abwärts: Mein Rippenbogen sitzt ziemlich weit oben, so dass der Magen sich vorwölben kann, wie es ihm beliebt. Das habe ich von meinem Vater und meinem Großvater. Wir sind dickbäuchig. Und essen viel. Als mir das bewusst wurde, begann ich mich einzuschränken, was jedoch wenig half, denn ich hatte es zu spät begriffen. Die Frauen in der weiblichen Linie meiner Familie sind alle füllig, aber sie haben große Brüste, da fällt der Bauch weniger auf.

Von meiner Mutter habe ich auch die knotigen Zehen. Bei mir ist es nicht so schlimm, doch bei Mutter und Großmutter waren die Füße stark deformiert, was auch an den hohen Absätzen lag, die beide von morgens bis abends trugen. Ich trage schon seit zwanzig Jahren keine Absatzschuhe mehr, aber in meiner Jugend bin ich ständig mit Stilettoabsätzen rumgelaufen. Abends sind meine Zehen oft taub, ich massiere sie vor dem Schlafengehen und auch morgens, dehne sie mit aller Kraft. Mir soll keiner sagen, das käme vom Rauchen. Großmutter Marussja, die nie geraucht hat, bekam in ihren letzten Lebensjahren eine Gangrän, ihr wurde sogar ein großer Zeh amputiert. Ich hätte das eigentlich mehr verdient als sie, aber wenn ich noch lange lebe, steht es mir vielleicht auch bevor. Marussjas Hände und Füße besaßen eine große Anmut – nicht umsonst gehörte sie eine Zeitlang zu Isadora Duncans Barfuß-Tänzerinnen.

Irgendwo habe ich noch ein Foto – das war kein Ballett, eher eine Art Eurhythmie. Eine gewisse Ungezwungenheit der Bewegungen habe ich von Großmutter übernommen – nicht direkt, erst jetzt im Alter.

Mit meinen Händen bin ich also ganz zufrieden. Das ist das Einzige. Nein, eigentlich auch mit meinem Mund. Er ist nichts Besonderes, aber eines Tages, das ist noch gar nicht lange her, entdeckte ich, dass mein Mund einen ganz eigenen Ausdruck besitzt, der manchmal den gesamten Gesichtsausdruck bestimmt: etwas fast Kindliches. Entdeckt habe ich das auf Amateuraufnahmen oder auf solchen, bei denen ich nicht wusste, dass ich fotografiert werde. Ich blicke ernst und erstaunt.

Mein Mund kann lächeln, aber überhaupt nicht lachen.

Da fällt mir etwas ein! Um 1911, als Großmutter Marussja zur Truppe des Freien Theaters gehörte, gab es dort einen Wettbewerb: »Das schönste Bein«. Großmutter Marussja gewann den ersten Preis, einen Pappschuh voller Pralinen. Und ihr wurde eine Schürze umgebunden, auf der stand: »Ich habe das schönste Bein.«

Arme Marussja. Glücklich war sie nicht.

Kleine Abschweifung: Andrej rasiert sich fast jeden Tag vor dem Spiegel, betrachtet sich darin. Ich weiß, dass er sich gefällt. Aber in den Spiegel schaut er, um zu sehen, wo er noch mit dem Rasierer drübergehen muss. So konzentriert betrachten sich Frauen, wenn sie sich schminken. Doch ich schminke mich ja nicht. Das heißt, zweimal im Jahr, wenn ich vor eine Kamera muss, ziehe ich meine Augenbrauen nach, weil sie ergraut und kaum noch sichtbar sind, und pudere mir die Nase, damit sie nicht glänzt. Übrigens sollte ich genau das jetzt tun. Gleich kommt ein deutsches Filmteam, sie wollen einen Film über mich drehen, für Hamburg.

Jedenfalls, im Gegensatz zu Andrej gefalle ich mir nicht. Aber zu ihm später.

Andrej hat mich einmal gezeichnet – eine etwas verschwommene Silhouette, aber ziemlich genau getroffen. Er brachte mir das Bild, und ich verzierte es mit Pfeilen. Hinweise auf alle meine Narben – meine persönlichen Kennzeichen. Es sind fünf.

Die erste Narbe: Als sich in meinem elften Lebensjahr meine Brust leicht wölbte, nähte mir Großmutter Jelena, die zu der Zeit das Familienbudget mit dem Nähen von Miederwaren für vollbusige Sängerinnen aufbesserte, meinen ersten Büstenhalter, der ungefähr der kleinsten Größe entsprach, und lächelte dabei zärtlich und wohlwollend. Die Frauen mütterlicherseits hatten wundgescheuerte Haut unter ihren üppigen Brüsten und auf den Schultern tiefe Striemen von den harten BH-Trägern; das Fehlen dieser Busenlast betrachtete Großmutter als einen Vorzug. Sie war es wohl auch, die damals unter meiner linken Brust ein kleines Kügelchen entdeckte, das sich ein wenig hin und her schieben ließ. Mama brachte mich ins Institut für Pädiatrie, und ein befreundeter Chirurg, Stassik Dolezki, entfernte dieses Fettkügelchen, wissenschaftlich Lipom genannt. Dabei entstand eine zarte längliche Naht.

Die nächste Naht entstand zwei Jahre später. Bei einer Blinddarmoperation. Es war eine chronische, milde Entzündung, aber meine Mutter war radikal gesinnt, also kam ich auf den Operationstisch und wurde aufgeschnitten – an der über den McBurney-Punkt verlaufenden gedachten Linie zwischen Bauchnabel und rechtem oberem Darmbeinstachel. Das lernte ich erst später, an der Universität; die Vorlesungsreihe in Anatomie war kurz, wurde aber von einem großartigen Professor gehalten – dem Anthropologen Jakow Jakowlewitsch Roginski. Operiert wurde ich in der Filatow-Klinik, von einem wunderbaren chinesischen Doktoranden, dessen Name mir entfallen ist, aber sein kleines Geschenk aus Papier habe ich lange aufbewahrt. Der Chinese verschwand während der chinesischen Säuberungen. Kulturrevolution! Seine Naht wurde Narbe Nummer zwei.

Bei der Gelegenheit fällt mir noch etwas ein: Als Mama mich aus dem Krankenhaus abholte, hatte sie zwar meine Kleidung dabei, aber keine Schuhe. Also zog sie die Gummischuhe aus, die Frauen damals über ihren Absatzschuhen trugen, ich schlüpfte in diese Überzieher, die ebenfalls Absätze hatten, und wackelte, mit den leeren Absätzen umknickend, bis zu Papas Auto, einem buckligen Moskwitsch.

Die dritte Narbe ist klein, sie ziert bis heute meinen linken Unterarm – eine Schnittlinie und fünf kleine Punkte von den Klammern. Vor rund fünfzig Jahren begann ein Muttermal auf dem Arm plötzlich zu wachsen und überzog sich mit einer weißlichen Schicht. Meine Mutter arbeitete inzwischen nicht mehr im Institut für Pädiatrie, sondern im Institut für Radiologie und brachte mich gleich zu den dortigen Spezialisten. Eine Ärztin warf einen Blick auf die Stelle und sagte ein Wort, bei dem Mama fast in Ohnmacht fiel: Melanom. Genau daran war Mutters Großmutter einige Zeit vor meiner Geburt gestorben. Überhaupt ist unsere Familie onkologisch leider reich gesegnet, fast alle sterben an Krebs. Bei meiner Operation wurde ein Stück Haut entfernt und mir anschließend radioaktives Gold in den Arm injiziert, um weitere bösartige Geschwulstbildungen zu blockieren. Das ist, wie gesagt, fünfzig Jahre her. Zu Hause lachten alle und nannten mich Ljussja-Goldarm.

Ich war bereits in einem Alter, da junge Frauen ans Kinderkriegen denken, und die Ärzte rieten mir, wegen der Goldinfusion ein, zwei Jahre enthaltsam zu leben. Doch ich wurde prompt schwanger. Aus Angst, ein behindertes Kind zu bekommen, ließ ich eine Abtreibung vornehmen. Das war richtig, denn sonst wäre mein ältester Sohn ein anderer Mensch, nicht mein Aljoscha. Und mir gefällt Aljoscha …

Ich habe nie erfahren, was die Biopsie nach der Operation ergeben hat, ob die Diagnose bestätigt wurde oder nicht. Die Narbe ist mir geblieben.

Die vierte Narbe, kreuzförmig, befindet sich auf dem Oberbauch. Bei einem Amerika-Aufenthalt hielt ich an einer Universität, an welcher, weiß ich nicht mehr, in der Slawistik-Sektion einen Vortrag und erlitt eine Kolik – wie sich herausstellte, war ein Gallenstein schuld. Doch aus irgendeinem Grund hatte ich keine Krankenversicherung. Ich bekam etwas Schmerzstillendes, der Schmerz ließ etwas nach, doch wieder in Moskau, wurde ich operiert, ohne großen Bauchschnitt, minimalinvasiv, per Laparoskopie, in einem Krankenhaus im Moskauer Südwesten. Seitdem sind die Gallensteine vergessen, geblieben ist nur die kreuzförmige Narbe.

Die fünfte, bedeutendste und komplizierteste Narbe ist die von der Mastektomie, der Operation zur Entfernung der Brustdrüse sowie mehrerer Lymphknoten in der Achselhöhle, wobei auch ein Brustmuskel leicht verletzt wurde, ob der kleine oder der große, weiß ich nicht genau. Seit zehn Jahren mache ich jeden Morgen diverse Übungen, damit der Arm weiter funktioniert, und das tut er bislang, der Gute …

Hier endet die klare Arithmetik: Diese fünfte (und die anschließende sechste) Operation veränderte das Bild. Meine erste Narbe ist verschwunden, an ihrer Stelle entstand eine ganze Kolonie verschiedenster Narben: eine lange und krumme an der Stelle, wo sich die linke Brust befand, eine zweite, wie ein liegendes Komma, in der Achselhöhle – dort wurden die Lymphknoten entfernt – und eine dritte, eine Brandnarbe von der Bestrahlung, die nach der Operation durchgeführt wurde, um ein eventuelles Wachstum bösartiger Zellen zu unterbinden. Dazu diente auch die Chemotherapie, die keine Spuren hinterlassen hat. Ich glaube, das ist alles.

Die Krebsoperation im Jahr 2000 kostete mich die linke Brust und einige Lymphknoten, aber das verkraftete mein Körper ohne großen Widerstand. Verändert hat sich nur eines: Manchmal trage ich einen BH und lege eine kleine Prothese hinein, um der Symmetrie willen. (Ich neige zu Symmetrie, was Andrej für ein Zeichen von Unvollkommenheit hält, er hat dazu diverse interessante Theorien.) Ich trage weite Kleidung. Und ich mache Gymnastik, weil ich meinen linken Arm etwas schlechter heben kann als den rechten, darum trainiere ich diese Muskeln jeden Morgen.

Jetzt, da mein linker Arm nach den Begegnungen mit den beiden Quallen geschwollen ist, muss ich wieder an Andrejs Zeichnung mit meinen Pfeilen darauf denken, die bei mir zu Hause im großen Zimmer hängt, und sehe meinen Körper mit einem anderen Blick – mit allem, was ich an ihm mag, nicht mag oder sogar hasse. Seit einigen Jahren strebe ich danach, mich mit mir selbst zu versöhnen, die Feindseligkeit zu unterdrücken und mir wenigstens etwas zu gefallen, oder eher – mich zu akzeptieren, wie ich bin.

Dabei hat mir Andrej mit seiner Liebe sehr geholfen. Mein Körper gefiel ihm so sehr, dass ich selbst ein besseres Verhältnis dazu fand.

Meinen Körper zu lieben habe ich bisher nicht geschafft, aber ich habe mich mit ihm ausgesöhnt, behandle ihn besser, und ich bin ihm dankbar: Er lässt mich bis jetzt nicht leiden. Selbst meine starke Migräne wurde mit den Jahren immer schwächer und ist nun im Alter ganz verschwunden.

Seit einigen Jahren empfinde ich sogar etwas wie Schuld gegenüber meinem Körper, den ich so achtlos, so respektlos behandelt, auf den ich nicht gehört habe und den ich überdies ständig mit dem Rauchen peinige, das meinen Lungen gar nicht gefällt, was sie mir hin und wieder sanft und sehr taktvoll mitteilen.

Die Vorstellung von gesunder Lebensweise spielte in meiner Kindheit und Jugend keine Rolle. Diät, Körpergewicht und Sport galten noch nicht als lebenswichtige Prinzipien.

Die Familie, in die ich hineingeboren wurde, hatte mit Sport nie etwas im Sinn. Nur eine Sportart – das Kartenspiel – wurde jeden Abend betrieben, Großvater spielte mit seinem Bruder Preference. Ein intellektueller Sport. Ich wurde in die Musikschule geschickt, dort sollte ich Klavier spielen lernen. Auch eine Art Sport. Ich nahm Unterricht, bis bei mir eine primäre Tuberkulose festgestellt wurde und die Ärzte meiner Mutter rieten, die Lebensweise des Kindes zu verändern: mehr frische Luft und Sport. Also brachte sie mich in die Kindersportgruppe im nahe gelegenen Maschinenbauer-Stadion. Meine Körpergröße und meine physischen Voraussetzungen verhießen keinerlei Erfolg, aber meine Mutter fand, wenn ich schon die Musikschule aufgab, sollte ich wenigstens regelmäßig eine Sportgruppe besuchen. Zusammen mit meiner Freundin Shenja ging ich zur »Maschinka«, wie die jungen Sportler das Stadion nannten. Dort wurde jeder genommen. Drei Jahre lang blieben Shenja und ich dabei, fuhren im Sommer sogar in eine Art Trainingslager. Meine physischen Voraussetzungen waren zwar allenfalls durchschnittlich, doch ich verfügte über eine gute Körperbeherrschung – das bescherte mir keine nennenswerten Erfolge, aber eine ausgezeichnete Technik. Unser Leichtathletik-Trainer Nowikow, ein älterer Mann mit dem sehr schönen, männlichen Gesicht eines amerikanischen Filmschauspielers, was niemand ahnte, auch er selbst nicht, ließ mich beim Training immer den Rollsprung oder den Wälzer vorführen oder die richtige Technik beim Hürdenlauf, die ich ebenfalls beherrschte. Ich sprang nie höher als 1,35 m – aber das elegant! Besonders schnell laufen konnte ich bei meiner Beinlänge auch nicht. Doch Schönheit ist wichtiger als das praktische Resultat! Und mein Körper mochte alle diese Übungen, wahrscheinlich verfüge ich deshalb noch heute über eine gute Körperbeherrschung. Zu Rock-'n'-Roll-Zeiten sprang ich munter zur Musik herum. Vor allem aber habe ich durch den Sport gelernt, mich beim Fallen einzurollen, die Hände zu schützen und weich auf den runden Schultern zu landen. Das kann ich noch heute.

Insgesamt bin ich meinem Körper dankbar, mit der Zeit immer mehr. Ich bin relativ beweglich, kann gut laufen und recht schwere Rucksäcke mit Lebensmitteln tragen, ich habe noch eine gewisse Anzahl Zähne, und die fehlenden habe ich durch Implantate und Kronen ersetzt.

Allerdings ermüde ich schneller als früher, und mein Gedächtnis hat nachgelassen. Besonders gut war mein Gedächtnis jedoch nie – es wollte keine Fremdsprachen lernen, dafür behielt es hervorragend kleine Details und Einzelheiten, die normalerweise schnell vergessen werden. Und obwohl ich an meinem löchrigen Gedächtnis am meisten auszusetzen habe, bin ich ihm doch dankbar, weil es viele einzelne Bilder bewahrt hat, auch unglaublich frühe. Tatsächlich ist das Gedächtnis ja das Geheimnisvollste an uns; wir wissen inzwischen recht gut, wie der Herzmuskel funktioniert, auf welche raffinierte Weise das von der grünen Pflanzenwelt produzierte Chlorophyll den Weg zur Existenz tierischen Lebens bahnte und wie unsere Verdauung und unser Ausscheidungssystem funktionieren, doch niemand weiß, wie die großartige Umwandlung akustischer und visueller Eindrücke in jene Erinnerungen vor sich geht, die wir ein Leben lang bewahren. Davon erzählt mir manchmal mein Freund Nikita Schklowski, aber ich kann seinen begeisterten und hochtrabenden Reden kaum folgen. Auf dieses Gebiet wage ich mich nicht vor, es bleibt zu verschwommen, es ist nicht recht auszumachen, wovon dabei die Rede ist – vom Körper oder von der Seele. Ich vermute, die Seele wird vom Körper geprägt, und der Körper, besonders Gesicht, Mimik und Gesten, spiegelt Eigenschaften der Seele.

So oder so, ich helfe meinem schwindenden Gedächtnis, so gut ich kann, unter anderem durch Aufzeichnungen wie diese. Um mich zu erinnern, nicht nur an Ereignisse und an andere Menschen, sondern auch an meinen eigenen Körper – er hat mir siebenundsiebzig Jahre gut gedient, und dafür bin ich ihm dankbar. Erst im Alter begreife ich, dass man seinen Körper achten und lieben muss. Und ich wünsche mir, dass er im Einvernehmen mit meiner Seele und meinen Gedanken bleibt, denn ich habe nicht mehr viel Zeit, und die möchte ich nicht im Zustand der Demenz verbringen.

FLICKEN

Was misst sich mit der Kraft der Frau?
Wie mutig sie ist, wie verwegen!
Erobert die Welt wie ihr eigenes Haus,
jedem Sturm stemmt sie sich entgegen.
Boris Pasternak

Flicken waren ein wesentliches Merkmal unseres sowjetischen Daseins. Das Leben selbst war ein großer Flickenteppich: Auf der dominierenden Grundfläche der marxistisch-leninistischen Wahrheit mit dem roten Banner prangten Flicken verschiedener Farben, von Schwarz-Braun-Dunkelrot bis zu Schwarz. Aber auch der private Alltag enthielt eine Vielzahl von Resten und Flicken vergangener Zeiten. Bei Tisch gab es bei uns zu Hause noch silberne Löffel, Zeugen eines früheren, luxuriösen Lebens, in der Abstellkammer stand eine Truhe, die verschlissene seltsame Dinge aus der Vergangenheit enthielt – Reste von Soldatenblusen, Uniformjacken, Spitzenunterhosen und sogar einen Fächer aus Straußenfedern. Der wichtigste Gegenstand, der seinen Sinn nicht eingebüßt hatte, sondern einen zentralen Platz im Leben einnahm, war die Singer-Nähmaschine, die meine Großmutter 1917 zur Hochzeit geschenkt bekommen hatte. Diese Nähmaschine steht noch heute in meiner Wohnung, in ihren Schubfächern liegen auf festen Zwirn gefädelte Knöpfe, von winzigen Perlmuttknöpfen bis zu Mantelknöpfen, die aussehen wie aus Horn, außerdem Nadelsortimente, Gummilitzen, Kordeln, Bänder, kleine Flicken und natürlich Werkzeug für die Pflege und Reparatur der Maschine, die – auch mit meiner tatkräftigen Hilfe, wie ich mich erinnere – ratternd Material verschiedenster Stärke nähen konnte, von Batist bis zu Leder. Man musste nur ein kleines Rad drehen, um den benötigten Kraftaufwand zu regeln.

Es gab Jahre, da ernährte die Nähmaschine die Familie. Als Großmutter zu Kriegsbeginn evakuiert wurde, nahm sie die Maschine mit. Und die beiden – Großmutter und die Nähmaschine – nähten dort für fremde Leute.

In die Zeit nach der Evakuierung und Großvaters Rückkehr aus dem Lager fallen meine frühesten Erinnerungen. Der Fußboden im großen Zimmer, das später wegen des Familienzuwachses durch eine Trennwand geteilt wurde, war übersät mit rosa-weißen Stofffetzen aus Damast. Großmutter betrieb ein riskantes illegales Unternehmen, und das Wort »Steuerinspektor« machte ihr Angst. Ein solcher konnte jeden Augenblick auftauchen und sie für ihr gesetzwidriges Gewerbe verhaften. Ihre legale Anstellung als Buchhalterin in einer Musikschule hätte sie nicht gerettet, auch wenn ihr Gehalt viel zu gering war für die große Familie.

Aus dem rosa-weißen Damast nähte Großmutter erstaunliche und furchteinflößend große Wäschestücke, längs und quer fest vernäht. Es war Stützwäsche – Büstenhalter und Korsagen nach ihren eigenen Entwürfen. Die Schlange angesehener fülliger Damen, wie Sängerinnen aus dem Bolschoi-Theater, die in jenen Jahren alle an die hundert Kilo wogen, riss nicht ab. Großmutter schnürte die gewaltigen Brüste in dreieckige statt der üblichen sechseckigen Schalen, die Korsagen reduzierten den Bauch und pressten das Fett zu den Hüften, und die Schnürung hinten hielt die Körpermassen in Form. Bei der Arbeit fielen Damastflicken vom Tisch auf den Boden, und die sammelte ich.

Dies als Präambel dazu, wie wir, die Frauen jenes »goldenen Zeitalters«, uns kleideten und wie ich eingekleidet wurde. Um es vorwegzunehmen: ausgezeichnet, sogar erstklassig!

Ich erinnere mich an meine Kleidung etwa seit meinem dritten Lebensjahr. Eines der ersten Fotos: ich mit Urgroßmutter Sonja, an die ich mich nur dank dieses Fotos erinnere. Ich trage ein Strickkleid, das mir Großmutters Schwester aus Riga mitgebracht hat, es muss 1946 oder 1947 gewesen sein, als Lettland schon nicht mehr bürgerlich war, aber noch nicht verlernt hatte, schöne Sachen herzustellen. Das Kleid war rosa-lila und hatte Bommeln am Kragen. Aber das war im Grunde das einzige »Konfektionsstück«, das ich besaß. Alles andere war selbst genäht, vor allem aus alten Sachen.

Normalerweise nahm ein Kleidungsstück folgenden Weg: Ein abgetragener Mantel von Großmutter – Winter-, Sommer- oder Staubmantel – wurde aufgetrennt, gewaschen und gebügelt. Die noch gut erhaltenen Stücke des soliden Stoffs wurden, manchmal mit der Innenseite nach außen, zu einem neuen Kleidungsstück verarbeitet. Üblicherweise ging das neue Stück, wenn es ein Mantel war, an meine Mutter. Da sie viel kleiner war als Großmutter, konnte aus deren Sachen problemlos etwas für meine Mutter genäht werden. Schwierig war dabei nur, geschickt und unauffällig einen abgewetzten Ellbogen oder einen durchgescheuerten Saum zu ersetzen. Nein, nein, ich will hier nicht von Feinheiten des Schneiderns erzählen, sondern von Großmutters Mantel, der zu Mamas wurde, was aber nicht der Endpunkt seiner Existenz war, denn anschließend diente er noch mir. Und Sachen, aus denen ich herausgewachsen war, wurden nach Leningrad geschickt, dort lebte eine alleinstehende Verwandte mit ihrer

Tochter, die drei Jahre jünger war als ich. Endgültig aufgetragen wurden die Kleidungsstücke dann von ihr.

Ich besitze ein Schulfoto, es muss spätestens aus dem Jahr 1954 stammen, denn 1955 wurden die Schulen zusammengelegt, und meine Mädchenschule wurde »zweigeschlechtlich«. Von da an gab es in unserer Klasse einige Jungen, allesamt in grauen Uniformen – in jenem Jahr wurden Schuluniformen für Jungen eingeführt, wie sie früher an Gymnasien üblich waren. Doch auf diesem Foto sind nur Mädchen zu sehen, wir stehen draußen vor der Schule, ich trage einen Wintermantel mit Raglanärmeln und Kaninchenfellkragen. Richtig, er war aus einem Mantel von meinem Vater genäht worden. Frauen trugen damals kaum Raglanärmel. Ehrenwort, es war ein sehr eleganter Mantel. Auch meine erste Hose, genauer, ein Hosenanzug, entstand aus einem alten Anzug meines Vaters. Das war 1956, glaube ich. Ein Mädchen in Hosen wirkte damals noch exotisch und war eine schwere Beleidigung für den gesellschaftlichen Geschmack. Aber damals gefiel mir das.

Zurück zu den Flicken. Irgendwo in einem nahen Vorort gab es einen Laden, in den Großmutter hin und wieder fuhr. Dort kaufte sie Stoffreste, die weder für ein Kleid noch für andere Sachen reichten, 50, höchstens 80 cm lang. Manchmal hatte sie Glück und erwischte Reste mit gleichem Muster, doch meist waren sie unterschiedlich. So entstand die Idee der Kombination von Karos und Streifen, Punkten und Blumenmustern – ungeeignet für eine nach damaligen Begriffen »anständige« Erwachsenenkleidung, aber für Kinder durchaus tragbar. »Flickenmuster« für festliche, ja, sogar extravagante Kleidung kam erst sehr viel später in Mode.

Stoff als Material besaß einen Wert an sich. Ich erinnere mich sehr gut an ein Kleid für eine meiner beiden Puppen. Es bestand aus Resten eines Kleides von mir, genäht aus einem abgetragenen Stück von Mama, das seinerseits aus einem bei der Wäsche eingelaufenen Kleid von Großmutter entstanden war.

Großmutter brachte mir das Nähen bei – natürlich nicht mit der Maschine, sondern mit der Hand. Sie zeigte mir Techniken wie Steppstich, Kettenstich, Heftstich und andere einfache Dinge. Auch in der Schule hatte ich Handarbeitsunterricht.

In der fünften Klasse freundete ich mich mit Ljuba an, der ihr Aussehen immer sehr wichtig war. Sie nähte ihre Kleidung selbst. In der sechsten oder siebten Klasse begann auch ich, mich für »Klamotten« zu interessieren. Dieses Interesse ist eigentlich bis heute nicht erloschen, nun aber eher sozialpsychologisch motiviert. Ich selbst kaufe praktisch keine Kleidung mehr, geschweige denn, dass ich selbst nähe. Ich trage meine alten Lieblingsstücke auf, gern auch die meiner Freundinnen. Nur Hosen kaufe ich hin und wieder.

Meine Gespräche mit Ljuba drehten sich ausschließlich darum, was wir anzogen. Nebenbei bemerkt: Ljuba war bis vor kurzem, bis zu ihrer Pensionierung, Professorin an der Mailänder Kunstakademie, und zwar für Mode; Geschichte der Mode und Technologien zur Herstellung von Kleidung gehörten zu ihren Vorlesungsthemen. Es gibt keine Mode-Jury, zu der sie nicht als Expertin geladen würde. Sie lebt noch immer in Mailand, ab und zu sehen wir uns.

Während der Schulzeit aber trafen wir uns fast jeden Tag. Manchmal rief ich sie nachmittags an, fragte, ob wir zusammen was unternehmen wollten. Darauf sie: Erst in zwei Stunden, ich hab Stoff gekauft, ich will mir ein Kleid nähen. Zwei Stunden später erschien sie dann in dem Kleid, das sie inzwischen genäht hatte. In der achten Klasse gingen unsere Geschmäcker endgültig auseinander: Ich schnitt mir die Haare kurz, etwa so wie heute, und trug eine im Secondhandladen gekaufte amerikanische Soldatenbluse über einem für damalige Zeiten skandalös kurzen Rock (knielang!) und einen schmalen Ledergürtel um die Taille. Meine Mutter war über diesen Aufzug entsetzt. Und tatsächlich drehten sich die Leute auf der Straße um. Mein Stil, den ich damals nicht zu definieren versuchte, war künstlerisch-hippiehaft, obwohl das Wort Hippie noch nicht bekannt war, weil es noch keine Hippies gab. So weit war ich meiner Zeit also voraus.

Ljuba begann ein Studium für Modegestaltung, ich studierte Biologie. Ljuba heiratete einen Italiener, der an der Parteihochschule studierte, und zog nach Italien. Ihr Mann ist zwar von Stalin abgefallen, Lenin aber verehrt er noch immer. Ich heiratete einen Physiker, den zu jener Zeit jüngsten Doktor der physikalisch-mathematischen Wissenschaften – aber das ist eine andere Geschichte.

Noch heute verstehe ich einiges von Kleidung und kann Menschen ganz gut einschätzen, wenn ich sehe, was sie anziehen. Allerdings konnte ich diese »Karte« in meiner Jugend besser lesen. Dabei geht es nicht nur um den persönlichen Geschmack. »Guter« oder »schlechter« Geschmack sind sowieso kein Maßstab. Der Kleidungsstil eines Menschen sagt viel über seinen Charakter, das Bildungsniveau, den Lebensstil, ja, auch über den Wohnort aus. Heute ist diese Karte jedoch nicht mehr so klar erkennbar wie früher.

Aber solche Beobachtungen machen mir noch immer Spaß. Da kommt zum Beispiel eine Journalistin zu mir, sie trägt einen breitkrempigen Hut mit einer kleinen Brosche. Ich frage, wo sie ihr Auto geparkt hat. Ich bin mit der Metro gekommen, antwortet sie. Und damit weiß ich einiges über sie. Meine Vermutung: eine junge Frau aus der Provinz. Nach ein paar Sätzen ist klar: Tatsächlich, sie stammt aus irgendeinem Krähwinkel. Ich habe nichts gegen Krähwinkel, ich bin selbst in einem geboren. Und die junge Frau wird in einigen Jahren vielleicht in der Metro keinen breitkrempigen Hut mehr aufsetzen und auf die zehn Zentimeter hohen Stilettos verzichten und stattdessen Sportschuhe tragen.

Genug davon, dieses Thema ist uferlos. Und erst die Kleidung von Männern! Das ist ein noch interessanteres Kapitel. Viele Männer müssen ja »im Dienst« einen konventionellen Anzug tragen, wie sollen sie da ihre Individualität ausdrücken? Durch eine bestimmte Marke? Den Preis ihrer Kleidung? Indem sie auf eine Krawatte verzichten oder eine wählen, die ein Lächeln auslöst und die Reaktion: Der Junge hat Humor! Durch Rollkragenpulli unterm Smoking? Oder Turnschuhe zu einem exquisiten Dreiteiler? Natürlich weiß der Träger sehr gut, was er tut. Er kreiert einen »künstlerischen Stil«. Vor Kurzem kam ein Bekannter auf einen Sprung bei mir vorbei, direkt aus dem Büro. Er betreibt ein kleines Unternehmen für Finanzberatung und solche Dinge, von denen ich nichts verstehe. Er trug einen seriösen dunkelgrauen Anzug.

»Oh«, spöttelte ich, »was für ein gediegener Anzug!«

Da öffnet er das Sakko, und ich sehe auf dem Futter des gediegenen Anzugs ein Motiv, das bei Jugendlichen sehr beliebt ist: einen Totenschädel mit gekreuzten Knochen. Und mein lieber Freund wird mir noch sympathischer. Ein geistreiches Aufbegehren gegen die allgemeine wichtigtuerische Ernsthaftigkeit.

Aber zurück zu den fünfziger Jahren. Meine Mutter zog sich gern schön an. Für ihr Leben gern. In unserem Häuserblock wohnte eine Schneiderin, Tante Schura, die meiner Mutter für ein paar Rubel Kleider nähte. Großmutter hielt nicht viel davon, warum, weiß ich nicht und kann niemanden mehr danach fragen. Ich glaube, Großmutter hatte einen »seriösen« Geschmack – wenn sie Besuche machte, trug sie ihr einziges Kostüm, es hatte ein schwarz-weißes Pepita-Muster und einen Schalkragen. Ein solides, tadelloses Stück, sehr »erwachsen«.

Ich betrachtete Mamas Art, sich zu kleiden, mit Skepsis, belächelte sie. Recht früh begann ich, ihr Kleidungsstücke zu kaufen, die ich für sie passender fand. Wenn sie selbst sich etwas Neues gekauft hatte, versteckte sie es verschämt und sagte: Das zeig ich dir nicht, Ljusska, du wirst schimpfen. Sie trug gern Hellblau und Rosa, wogegen ich rebellierte. Das war ihre Alltagskleidung. Aber sie besaß auch Ausgehstücke, zum Beispiel ein Paar Schuhe, das ihr ein armenischer Schuhmacher ein Jahr vor dem Krieg angefertigt hatte, kurz vorm Abschluss ihres Biologiestudiums. Bis Mitte der sechziger Jahre wickelte Mama diese Schuhe – Lack mit Wildleder – immer in Zeitungspapier, wenn sie ins Theater oder zu Besuch ging. Ich glaube, sie trug sie auch bei der Verteidigung ihrer Doktorarbeit.

Sie besaß ein einziges Ausgehkleid, angefertigt in einem Atelier, ich erinnere mich, dass der Name mit ehrfürchtigem Seufzen ausgesprochen wurde: »Zweiundvierzigstes Atelier!« Das Kleid war aus schwarzem Kreppsatin, eine Seite glänzte seidig, die Innenseite war matt. Es war mit Glasperlen sehr kunstvoll bestickt. Die Stickerin muss eine Meisterin ihres Fachs gewesen sein.

Außerdem gab es in unserem Haus noch ein recht ungewöhnliches Stück: einen blaugrünen japanischen Kimono mit einem gestickten Drachen auf dem Rücken. Dieses exotische Gewand hatte vermutlich jemand nach dem Krieg mitgebracht. Es war edel und schön, ich besitze noch ein Foto von Mama in diesem Kimono. Wahrscheinlich habe ich seitdem eine Schwäche für japanische Kleidung. Ich besitze mehrere Kimonos, die ich auf einem Markt am Bahnhof von Kyoto gekauft habe. Sieben Stück für hundert Dollar, alle alt, einer ist geflickt. Es sind Alltagskimonos, wie sie in Japan heute niemand mehr trägt, jedenfalls nicht in der Stadt. Dort werden Kimonos nur bei Hochzeiten oder anderen festlichen familiären Anlässen getragen. Einige der am Bahnhof gekauften Kimonos habe ich an Freundinnen verschenkt, ein paar habe ich behalten, aber ich geniere mich ein wenig, sie anzuziehen. Als ich jung war, gefiel es mir, durch meine extravagante Kleidung im Mittelpunkt zu stehen, doch das ist mit den Jahren vergangen. Heute will ich möglichst wenig auffallen.

Während Ljuba und ich gern künstlerisch experimentierten – ich nähte mir einen Lederrock aus einem Sofabezug, sie sich einen hinten zu knöpfenden Mantel –, kleideten sich unsere Mütter vor allem nach dem Geschmack, den die Zeitschrift *Rabotniza (Die Arbeiterin)* vorgab, und betrachteten unsere Experimente wenig wohlwollend. Die Moden wechselten, und wir informierten uns darüber in Modemagazinen wie dem italienischen *Linea italiana* und dem polnischen *Kobieta i Życie (Frau und Leben)*, die wir in der Theaterbibliothek fanden.

Ein Problem aller Frauen waren damals die Schuhe. Es gab nämlich fast keine. Eine Galina Ulanowa konnte sich vielleicht im Atelier des Bolschoi-Theaters von einem oder sogar zwei Schuhmachern ihre Schuhe anfertigen lassen, aber das war für uns unerreichbar. Zudem besaß keine von uns das dafür nötige Geld. Meine ersten schwarzen Pumps kaufte ich mir im Jahr meines Abiturs. Englische Schuhe, mit hohen Absätzen. Die Schlange vor dem Schuhgeschäft war rund fünfzig Meter lang und reichte bis an die Straßenecke. Aber ich ergatterte welche! Was für ein Glücksgefühl!

Bis zu den ersten Pumps trugen wir sogenannte »Galoschen«. Sie stammten aus Secondhandläden, die wir mit echtem Jagdeifer durchstöberten. Dort erwarb ich auch meine ersten Feinstrumpfhosen, die damals »Taizy« genannt wurden, nach dem englischen Wort »tight« – eng anliegend. Als ich die Strumpfhosen vom Regal angelte, wurde die Verkäuferin wütend – sie hatte ihre eigenen Pläne damit.

»Die sind fürs Ballett!«, verkündete sie. »Nur für Ballerinas!«

»Dann her damit, ich bin Ballerina!« – und damit gehörten die dunkelgrünen, tatsächlich eng anliegenden Strumpfhosen mir! Hurra! Ich habe sie viele Jahre getragen.

Weil es bei uns mit den Schuhen so schwierig war, brachte Ljuba von einem ihrer »Jagdausflüge« nach Riga echte Cowboystiefel mit. Sie waren ihr drei Nummern zu klein. Sie schnitt sie hinten auf, kam aber trotzdem nicht hinein. Also gab sie die Stiefel mir. Ich kam hinein, aber auch mir waren sie noch eine Nummer zu klein. Das Laufen war mühsam, doch das ertrug ich. Der Film *Die glorreichen Sieben* war in unseren Kinos noch nicht gelaufen, und diese Stiefel waren so exotisch, dass man erst erklären musste, was daran so großartig war. Ja, die richtige Schuhgröße zu finden war ein Problem. Ich habe Größe 35 oder 36, trug aber Schuhe von Größe 34 bis 39, je nachdem, was ich ergatterte. Offen gestanden ist es bis heute nicht einfach. Nachdem ich mein Leben lang unter dem »Aschenputtel-Schwestern-Syndrom« gelitten habe, bin ich sehr wählerisch im Hinblick auf die Bequemlichkeit von Schuhen. Meine beste Entdeckung (für deren öffentliche Erwähnung eine clevere Kundin ein schönes Geschenk von der Firma herausschlagen würde): die Firma Thierry Rabotin, sehr bequeme Schuhe in bester Qualität. Leider findet sich in deren Kollektion selten ein vernünftiges Design – meist haben die Modelle ein überflüssiges Schleifchen oder einen Lackstreifen.

Meine Bescheidenheit in Sachen Kleidung kommt zum Teil daher, dass ich furchtbar wählerisch bin. Überall stört mich etwas: eine unpraktisch verdeckte Knopfleiste, eine zu hoch angesetzte Schulterpasse oder eine Bluse, die eigentlich in Ordnung ist, hat keine Taschen – ist es denn so kompliziert, in die Seitennaht Taschen einzusetzen? Und weil ich so wählerisch bin, trage ich meine Lieblingsstücke jahrelang, bis sie sich auflösen. Mein Mann hält es genauso. Ich glaube, heute flickt kaum jemand noch seine Kleidung, mein Mann und ich aber tun es. Manchmal machen wir es selbst, wobei Andrej das besser kann als ich, manchmal bringe ich ein kaputtes Stück zur Reparatur in eine Schneiderwerkstatt. Das ist kein billiges Vergnügen, mitunter kostet die Reparatur fast so viel wie ein neues Stück. Aber es geht ums Prinzip!

Vor etwa vierzig Jahren begann ich meine Schriftstellerkarriere mit dem Text *Das Gesetz der Erhaltung*, er erschien in einer Zeitschrift für angewandte Kunst. Der Text war meiner verstorbenen Freundin Galja Kolmanok gewidmet, einer genialen Wiederverwerterin von Kleidung. Bei ihr (und dank ihr auch bei uns, ihren Freundinnen) kam nichts um, kein noch so kleiner Stofffetzen. Selbst ein abgetragener, nicht mehr zu rettender Kindermantel wurde weiterverwertet: Aus dem Rückenteil wurde ein Bezug für eine Fußbank.

Und noch ein interessantes Detail zum Thema Kleidung, das ich nicht vergessen darf! Eine Freundin von mir, Irina Uwarowa, war eng mit dem Puppentheater verbunden. Sie kennt dessen Geschichte, seine geheimnisvolle Mystik, und war selbst an Inszenierungen beteiligt, meist als Ausstatterin, manchmal auch als Regisseurin. Von ihr erfuhr ich, dass die Kleider für die Puppen nie aus neuem Stoff genäht wurden, sondern immer aus alten Kleidungsstücken, die schon ein Leben hinter sich hatten. Warum? Ein Geheimnis! Auch meine abgetragenen Sachen kamen über Ira in die Werkstatt des Puppentheaters, und von dort nahm zum Beispiel ein dunkellila Pullover von mir seinen letzten Weg.

Mein Fazit: Schon in meiner Jugend kleideten sich die Menschen unterschiedlich, aber insgesamt ärmlicher. Ein Mantel wurde jahrelang »aufgebaut«, erst wurde der Stoff für den Mantel gekauft, dann der für das Futter, dann der Kragen, und wenn schließlich auch das Geld für den Schneider beisammen war, erhielt man ein neues Stück, das dann zwanzig Jahre lang getragen wurde. Kein Scherz! So war es. Dieses Prinzip schätze ich sehr. Auch in meiner Garderobe gibt es Sachen, die zwanzig Jahre alt sind und älter.

Ich glaube sogar, dass zwischen einem Menschen und seiner Kleidung eine geheimnisvolle Verbindung entsteht: Deine Sachen lieben dich, wenn du sie liebst. Manche Kleidungsstücke trage ich, wenn etwas nicht gut läuft. Und es gibt besonders zuverlässige, die ich anziehe, wenn ich eine schwierige Begegnung vor mir habe. Es gibt so etwas wie »Glückskleider«, die junge Mädchen zu einer Prüfung oder einem Rendezvous anziehen.

Ein paar Worte noch zu besonderen Erinnerungsstücken, die ich zeitlebens aufbewahre: das Seidensäckchen für den Tallit, den mein Urgroßvater beim Beten trug, das Taufhemd, in dem mindestens drei Mitglieder meiner Familie getauft wurden, ein Morgenrock und ein Nachthemd, die ich meiner Mutter geschenkt habe, als ich noch studierte, und in denen sie starb. Lange besaß ich noch die ersten Kinderschuhe meines Vaters, aber sie sind auf geheimnisvolle Weise verschwunden, wie es mit solchen Erinnerungsstücken mitunter geschieht.

Den größten Teil meines Lebens habe ich in einer Welt fanatischer Materialisten verbracht, die manches geschaffen, aber noch viel mehr zerstört haben. Auch heute sind wir Menschen im Grunde Feinde der Materie. Dabei denke ich nicht nur an die ausgedienten Kleidungsstücke, die wir wegwerfen, sondern auch an unsere Mülleimer voller Essensreste und verdorbener Lebensmittel, an unsere veralteten technischen Geräte, die Bücher, die nicht mehr gebraucht werden, und vieles, vieles andere. Der Mensch ist nicht nur ein Feind der unberührten Natur, worüber viel gesprochen wird, er ist auch ein Feind der materiellen Welt geworden. Das Ergebnis sind die unheilvollen Müllberge, die der Natur Wälder und Felder rauben, die riesige Flächen der Erde verschmutzen und der sinnvollen Nutzung entziehen.

Ich empfinde den gegenwärtigen Zustand als »Kampf der Materialisten gegen die Materie«. Möge der Flicken, mit dem ich diese Betrachtung begonnen habe, ein kleines Banner für eine kleine Armee von Menschen sein, die sich bewusst sind, dass wir nur, wenn wir die materielle Welt vor uns selbst beschützen, auch das Weiterleben des Menschen auf unserem Planeten ermöglichen.

IN RICHTUNG LIEBE

Ich bin in meinem Haus in Italien. Meine russisch-italienischen Freunde sind gekommen und haben für einige Tage ihre dreizehnjährige Tochter mitgebracht, als Gast für meinen vierzehnjährigen Enkel Lukas. Die beiden mögen sich. Sie kommunizieren auf moderne Art – sie schlafen im selben Zimmer, jeder in seiner Ecke, und unterhalten sich per Tablet oder Mobiltelefon. Offenbar berühren sie einander nicht. Dafür fotografieren sie sich gegenseitig. Artikuliert sich die Stimme des Geschlechts heute anders?

Die Liebe, die Liebe … Das erste Mal, dass mir ein Junge wirklich gefiel, war in der fünften Klasse. Vitja Starostin, ein slawischer Typ. Ich kann nicht sagen, dass ich mich leidenschaftlich in ihn verliebt hätte, aber ich schaute ständig in seine Richtung – blaue Augen, mädchenhafte Wimpern, mädchenhafte Anmut … Er hatte nichts Männliches an sich. Diesen Vitja habe ich nur mit Mühe aus meiner Erinnerung hervorgeholt, ich hatte diese Liebe vergessen. Ob er unter meinen feurigen Blicken litt, der Arme, oder sie gar nicht bemerkte, weiß ich nicht. Ich meinerseits hatte zu der Zeit schon Erfahrung mit Blicken – mehrere Jungen richteten ihre Aufmerksamkeit bereits auf mich, allerdings ohne jede Gegenseitigkeit.

Später kam mir der Gedanke an den antiken Jüngling, der die Männer der Athener Schule so faszinierte: Bei Jünglingen gibt es eine Phase geschlechtlicher Unentschiedenheit. Früher glaubte ich, das Bewusstsein, eine Frau oder ein Mann zu sein, entstehe zwischen fünf und sieben Jahren, aber vielleicht kommt es viel später. Anmut ist geschlechtslos.

Der Erste, der mich anvisierte, war Wolodja Bykowski. Bis zur fünften Klasse, bis zur Zusammenlegung von Jungen- und Mädchenschulen, kannte ich Jungen nur von den Geburtstagen bei Sascha Chelemski. Sein Klassenkamerad Wolodja war ein Generalssohn, doch der General war damals schon tot, es gab nur noch die Generalswohnung in der Twerskaja und Wolodjas Mutter, die ehemalige Frau General, die wegen ihrer plötzlichen Witwenschaft ziemlich verwirrt war. Wolodja war weißblond, mit bereits in der Kindheit erkennbarer Neigung zur Glatze, und dünn, ich dagegen war wohlgenährt und hatte schwarzes, leicht gewelltes Haar. Wolodja starb sehr früh an einem Tumor, bald nach dem Abschluss seines Studiums am Institut für orientalische Sprachen.

Die arme Frau General! Sie hat alle verloren – ihren Mann und ihren Sohn.

Dann war da noch Vitka Bobrow von unserem Hof, der Sohn der Hauswartsfrau Nastja. Einen Vater hatte er auch, doch der saß meist im Gefängnis, ich habe ihn nur einmal gesehen, zwischen zwei Haftstrafen. Vitka und ich prügelten uns oft, er belästigte mich dauernd, einmal lauerte er mir im Hauseingang auf und trat auf mich zu – vielleicht wollte er sich gar nicht prügeln, sondern mich nur ein bisschen ärgern. Aber ich packte ihn bei den Schultern und stieß ihn mit dem Kopf gegen die Wand. Er zerkratzte mir ein bisschen das Gesicht.

Beim Anblick meines zerkratzten Gesichts beschloss meine Mutter, Vitkas Frechheiten zu unterbinden, und führte mich triumphierend zu der Hütte mit dem Lehmboden, in dem die Hauswartsfrau Nastja mit ihren drei Kindern wohnte. Mama zeigte Nastja meine zerkratzte Wange und machte ihr Vorhaltungen, währenddessen lag Vitka auf dem Bett und kotzte – wegen der Gehirnerschütterung, die ich ihm verpasst hatte. Aber das begriff ich erst viel später.

Zehn, fünfzehn Jahre später ging ich die Kaljajewskaja entlang, an meinem ehemaligen Haus vorbei, und mir entgegen kam Vitka Bobrow, mit Stahlzähnen und kahlköpfig, er hatte bereits seine erste Haftstrafe hinter sich; er freute sich sehr, mich zu sehen, breitete die Arme aus und sagte: »Als wir Kinder waren, war ich so verliebt in dich! Mama lebt nicht mehr, sie wurde von einer Straßenbahn überfahren …«

Wir umarmten uns. Ich sah ihn nie wieder. Vermutlich ist er in einem Straflager umgekommen.

Im Russischen gibt es keine neutralen Wörter für die Geschlechtsorgane, nur hässliche, obszöne Ausdrücke wie »Schwanz« und »Fotze«, ansonsten Lateinisches oder schamhaft prüde Pseudo-Bezeichnungen, Andeutungen, Verschleierungen wie »Puller«. Wie ist das in anderen Sprachen? In meiner Kindheit warfen diese hässlichen Begriffe einen furchtbaren Schatten auf jede Art von Liebe. Das war unsere kulturlose Kultur … Was sagen eigentlich unsere Philologen dazu?

Ich erinnere mich an mein erstes Rendezvous im Pionierlager. Ich gefiel dem Akkordeonspieler Wassja, einem zigeunerhaft wirkenden Jungen mit dichten Locken und Augenbrauen, vielleicht war er wirklich ein Rom – er bestellte mich zu einem Rendezvous nach dem Zapfenstreich. Wassja gefiel mir überhaupt nicht, aber nicht hinzugehen kam nicht in Frage. Immerhin mein erstes Rendezvous! Ich kletterte in der Nacht aus dem Fenster und huschte zur Schlucht, die das Gelände des Pionierlagers begrenzte. Unten floss ein Bach, doch der war jetzt im Hochsommer bereits ausgetrocknet.

Dort trafen wir uns – in der dunklen Nacht bat er mich, seine Freundin zu werden. Das war schon der zweite Antrag während dieses Aufenthalts. Den ersten hatte ich ohne Rendezvous abgelehnt, nun wies ich auch diesen ab, mit der Begründung, der Altersunterschied zwischen uns sei zu groß – er war vierzehn, ich zwölf. Das war natürlich geschwindelt – eigentlich ist es wunderbar, mit einem so erwachsenen Jungen befreundet zu sein. Doch ich wies ihn ab, weil der Junge, der mir gefiel, mir keinen Antrag gemacht hatte. Er war etwa in meinem Alter, vielleicht ein Jahr älter, blond, ein slawischer Typ, mit schmalem, verwegenem Gesicht. Wahrscheinlich sah mein Mann Andrej als Zwölfjähriger so ähnlich aus.

Das Lustigste hätte ich beinahe vergessen, es fällt mir gerade wieder ein: Als wir am Ende des Aufenthalts in die Stadt zurückfuhren, war statt zwei Bussen nur einer gekommen, die Plätze reichten nicht für alle, und ich saß auf dem Schoß dieses slawischen Jungen. Er rutschte die ganze Zeit auf seinem Sitz herum, und ich fragte mich verwundert: Warum hat er denn eine Gurke in der Hosentasche?

Ich denke zurück – wann mir mein weiblicher Körper bewusst wurde, mein weibliches Geschlecht. Ich war noch ganz klein – ich schlief in dem zweigeteilten Zimmer von Tante Sonja, in einem großen Mahagonibett, gegenüber stand ein Schrank. Er hatte drei Türen, links und rechts rhombenförmige Intarsien, in der Mitte ein großer Spiegel. Ich liege im Bett, der Bettbezug ist steif gestärkt und knistert, aber ich bin nicht müde. Ich setze mich aufs Bett, spreize die Beine und betrachte etwas, das ich noch nie gesehen habe: einen rosa Schlitz zwischen den Beinen, umrahmt von zarten Lippen und mit einer Art Spitze in der Mitte. In den Schlitz geht es tiefer hinein. Ich bin informiert, die Kinder auf dem Hof haben mir alles erzählt, aber ich glaube diese Scheußlichkeiten nicht. Was? Das tun angeblich alle Menschen? Auch meine Mama? Und mein Papa? Und Großmutter und Großvater? Nein, das kann nicht sein!

Einige Jahre später liege ich in Großmutters Bett, mit der gleichen steif gestärkten Bettwäsche. Wir wurden zu zweit schlafen gelegt, ich, die Zehnjährige, und mein noch ganz kleiner Cousin Jurotschka. Während die Gäste im Nebenzimmer Tee trinken und laut über antisowjetische Witze lachen, untersuche ich das angeblich so schreckliche Instrument, das ins rosige weibliche Innere dringt. Ein harmloser Anblick – drei weiche Säckchen, zwei runde und ein länglicher mit einem kleinen rosa Loch an der zarten Spitze. Der Kleine schläft, er denkt gar nicht daran, aufzuwachen. Ich berühre alles. Nein, die Mädchen auf dem Hof haben mich angelogen: Unmöglich, dass dies das schreckliche Ding ist, der »Schwanz«, der in mich eindringen kann. Nein, nein, nie im Leben! Ich habe meinen Cousin sehr lieb. Seinen Namen habe ich ausgesucht – Jurotschka. Ich mochte diesen Namen sehr.

Der allererste Jura, den ich kannte, wohnte im zweiten Stock – er war schon richtig groß, ging in die achte Klasse, ich erinnere mich sogar an seinen Familiennamen: Tesikow. Wenn er auf der Treppe an mir vorbeilief, erstarrte ich. Er gefiel mir sehr, ich mochte auch die rosa Pickel in seinem schmalen Gesicht. Das war so männlich …

Der nächste Jura tauchte einige Jahre später auf. Ich war fünfzehn, es war 1958, ein Jahr nach den Weltfestspielen. Die Mädchen trugen schwingende weite Röcke, darunter möglichst einen Petticoat, damit sich eine Seidenwolke um die Taille bauschte. Am Strand in Tatarowo – was hatte mich dorthin verschlagen? – lernte ich Fünfzehnjährige einen echten Supermann kennen (das Wort gab es damals noch nicht, doch die Spezies mauserte sich bereits), den hochgewachsenen schlanken Jura, einen dreiundzwanzigjährigen Studenten. Er brachte mich nach Hause, und einige Tage später erwartete er mich mit einem Blumenstrauß vor meiner Haustür. Oh, die peinliche Schuluniform, das braune Kleid und die verhasste schwarze Schürze!

Für unser erstes Rendezvous lieh ich mir von meiner Freundin Mascha einen schwarzen Pullover mit großem Kragen, den man sich wie eine Kapuze über den Kopf ziehen konnte, und nähte mir in aller Eile einen Rock mit kleinen rot-schwarzen Karos. Als ich aufbrechen wollte, schüttelte meine Mutter, die meine Aufregung sah, nur den Kopf und sagte: »Ljussenka, du solltest lieber nicht zu diesem Rendezvous gehen …das bringt dir nichts Gutes.«

Meine wunderbare Mutter. Sie sah alles voraus und fand sich mit dem Unvermeidlichen ab. Und ließ mich gehen!

Der Student Jura brachte mich zu sich nach Hause. Mir

kam es gar nicht in den Sinn, zu fragen, wozu. Es war klar, und ich wollte es auch … Eine große Professorenwohnung. Einen solchen Palast – ich kam aus einer Kommunalka, einer Gemeinschaftswohnung – hatte ich noch nie gesehen. Der erste Kuss, sobald die Wohnungstür geschlossen war. Und dann ins Bett, sofort ins Bett. Die Kleider fielen wie ein ärgerliches Hindernis, Haut berührte Haut, Lippen trafen auf Lippen, Arme auf Arme, Beine auf Beine …

Mehr passierte nicht, nur Zärtlichkeiten und Liebkosungen. Später saßen wir in der Badewanne, auch das Wasser liebkoste mich, ein vollkommenes Glücksgefühl bei den Berührungen im warmen Wasser … mehr nicht! Er bewunderte mich, ich bewunderte ihn.

»Ich möchte dich fotografieren, zur Erinnerung an diesen Tag.«

»Ja, ja, eine Erinnerung an diesen Tag …«

Den Tag der Liebe und der unverhüllten Zärtlichkeit.

Es war eine Bande von Zuhältern, die mit Hilfe solcher Schönlinge wie Jura dumme Mädchen anwarben. Sie fotografierten sie, schüchterten sie ein, erpressten sie und verkauften dann ihre Körper.

Das Auswahlverfahren hatte ich absolviert – die Fotos waren gemacht worden. Ich habe sie nie gesehen, aber mir wurde eine verworrene Geschichte erzählt, dass sie zufällig in die falschen Hände geraten seien … Und nun müsse man sich da rauswinden. Das heißt, der arme Jura, in den ich bis über beide Ohren verliebt war, musste aus dieser unangenehmen Geschichte rausgeholt werden. Ein gut durchdachtes Szenario für Idiotinnen, aber ich sprang vom Haken, denn mir dämmerte, dass mein Held in dieser Geschichte eine klägliche

Hilfsrolle spielte. Und wir Mädchen lieben nun mal Supermänner, keine Laufburschen.

Nach drei Jahren sah ich den Schönling wieder, bei der Gerichtsverhandlung; die Ermittler hatten meinen Namen in seinem Notizbuch gefunden und wollten mich zu den Geschädigten gesellen. Ich war keine Geschädigte, also sagte ich nicht gegen Jura aus. Er und sein Freund, der Anführer, bekamen ihre Haftstrafe ohne meine Hilfe.

Rund fünfzehn Jahre später traf ich, ohne jedes Trauma davongekommen und inzwischen eine erwachsene Frau, Jura in der Spirituosenabteilung eines Lebensmittelladens wieder – er war kaum wiederzuerkennen: Im Gefängnis hatte man ihn offenbar ordentlich vermöbelt, sein Gesicht war schlaff, über die Stirn zog sich eine Narbe. Wir begrüßten uns.

»Wieder draußen?«

»Ja ... Du siehst okay aus!«

»Ja, ich bin okay!«

»Meine Mutter ist gestorben«, sagte er.

»Recht von ihr«, sagte ich.

Danach sah ich ihn nie wieder.

Davon habe ich noch nie jemandem erzählt, aber jetzt im Alter kann ich auch diese traurige Geschichte aus der Zeit meines Erwachsenwerdens preisgeben.

Zwei Jahre nach dem Gerichtsprozess gegen Jura begann meine erste richtige Affäre mit einem gleichaltrigen Jungen mit rötlichen Haaren. Er hieß nicht Jura. In den ersten beiden Wochen wurden wir beiden unschuldigen Kälber zu talentierten Liebhabern, zügig durchliefen wir die Lehren des Kamasutra und hätten beinahe geheiratet.

Die Affäre dauerte ein Jahr, es war mein neunzehntes Lebensjahr. Im Sommer waren wir beide durch die Aufnahmeprüfungen für die Universität gefallen – er an der Fakultät für Mechanik und Mathematik, ich an der für Biologie –, in den Pausen zwischen unseren Liebesspielen bereiteten wir uns auf den nächsten Versuch vor. Zwischen uns herrschte vollkommene körperliche Harmonie, doch ihn plagte eine tiefe innere Unruhe: Ich bin der Falsche für dich. Ich passe nicht zu dir! Du brauchst den rothaarigen Jura Taiz.

Ich kannte diesen Jura nicht und war drauf und dran, den Jungen mit den rötlichen Haaren zu heiraten, dann fuhr ich nach Koktebel. Am Strand des Schriftstellerheims lernte ich Jura Taiz kennen. Und tatsächlich passte er gut zu mir. Er war seinem Vorgänger Jura in vielem überlegen: Gleich nach der Schule hatte er ein Studium an der für kluge Jungen attraktivsten Hochschule begonnen, am Institut für Physik und Technologie, war Anwärter auf den Meistertitel im Boxen, trug Jeans, die er bei einem Schwarzhändler gekauft hatte – damals hatte sich noch nicht herumgesprochen, dass ein Mensch ohne Jeans nichts galt. Und seine Haare waren nicht rötlich, sondern von intensivem, kräftigem, radikalem Rot. Ich heiratete ihn. Der in meiner Kindheit aufgetauchte Name Jura wurde nun mit Leben erfüllt.

Jura und ich lebten fünf Jahre zusammen, ohne zu ahnen, dass eine offizielle Urkunde vom Standesamt unsere Beziehung noch nicht zu einer Ehe machte. Ich liebte ihn sehr, verließ ihn aber aus kindlicher Ehrlichkeit.

Welche kleinlichen und nichtigen Kränkungen doch oft unser Leben verändern! Jura, damals schon am Beginn einer glänzenden Karriere, machte eine Weltreise mit einem Forschungsschiff, in diesen Jahren etwas Unglaubliches. Kurz vor seiner Abreise hatte er ein, wie er behauptete, platonisches Verhältnis. Tatsächlich war seine Beziehung zu einer gemeinsamen Bekannten, einer Kunsthistorikerin, zu der Zeit noch platonisch. Jura besuchte sie öfter auf ihrer Datscha, ich reagierte gereizt, doch er erklärte, sie sei sehr intellektuell, und das fasziniere ihn. Das kränkte mich: Ich war meinem Mann nicht intellektuell genug! Er ging also auf Weltreise und ließ mich in ziemlich bedrückter Verfassung zurück.

Es war das Jahr 1968. Eigentlich war bei mir bis dahin alles bestens gelaufen – ich hatte nach meinem Studium der Genetik eine Stelle als Praktikantin am Institut für Allgemeine Genetik bekommen, alles war hochinteressant und aufregend. Ich befand mich im besten sowjetischen Milieu jener Jahre: junge Genetiker, denen zuvor verfolgte Wissenschaftler die spannende Wissenschaft von den Drosophilas und ihren Mutationen, ein Gebiet mit unglaublichen Zukunftsperspektiven, vermittelt hatten. In diesem Dunstkreis erschien ein junger Doktorand, mit dem ich mir den Ärger über meinen in südlichen Meeren kreuzenden Mann bestens vertrieb – ich fuhr mit ihm nach Jalta, ans bescheidene Schwarze Meer. Juras Brief von der Insel Sankt Helena kam am Tag meiner Abreise an, doch ich öffnete den Briefkasten erst nach meiner Rückkehr. Es war ein wunderbarer Brief. Jura gab zu, dass er sich vor seiner Abreise dumm verhalten habe, er schäme sich sehr, und so weiter und so fort …

Nun steckte ich in einer ausweglosen Lage: Als ehrliche Frau konnte ich meinem Mann mein Abenteuer nicht verheimlichen, doch erzählen konnte ich ihm davon auch nicht, denn ich wusste, dass er es mir nicht verzeihen würde … Also verließ ich ihn. Aus Ehrlichkeit. Genau wie übrigens zehn Jahre später den Doktoranden, nachdem ich mit ihm zwei Söhne bekommen hatte. Der Vollständigkeit halber muss ich hinzufügen: Mit der intellektuellen Kunsthistorikerin lebte Jura dann zwei Jahre zusammen.

Der junge Doktorand wurde mein zweiter Ehemann und der Vater meiner Kinder. Die verspätete Post hatte mein Schicksal entschieden: Hätte ich den Brief einige Stunden vor meiner Abreise erhalten, wäre ich nicht mit dem Doktoranden nach Jalta gefahren, sondern nach Odessa geeilt, wohin Juras Schiff nach der dreimonatigen Weltreise zurückkehrte. Dann trügen meine Kinder wohl den Vatersnamen Jurjewitsch …

Jura starb sehr jung, mit sechsunddreißig. Unsere Trennung hatte er längst verwunden, er war verheiratet, nicht mit der intellektuellen Kunsthistorikerin, sondern mit dem wunderbaren Model Katja, sie hatten einen Sohn, Sachar, mein Patenkind, er liegt altersmäßig zwischen meinen Söhnen. Vor ein paar Tagen war er bei mir, wir haben zusammen Tee getrunken. Ein guter Junge, wir stehen uns sehr nahe. Juras letzte Nacht verbrachte ich mit ihm im Krankenhaus, ich wechselte mich ab mit seiner letzten Ehefrau und seiner letzten Geliebten.

Der Doktorand, der Vater meiner Söhne, inzwischen längst Professor für Genetik, die Wissenschaft, die mich verstoßen hat, seit unserer Scheidung zum ich weiß nicht wievielten Mal verheiratet, ruft hin und wieder an. Manchmal begegnen wir uns. Auf Hochzeiten und Beerdigungen.

Heute kann ich sagen, dass ich damals wenig von der Liebe wusste. Eine große, ja, mächtige Liebe – nicht meine – habe ich in meiner Schulzeit miterlebt, und zwar von Anfang bis Ende: die Liebe meiner Mutter zu Boris und seine Liebe zu ihr. Zehn Jahre lang wechselten sie jeden Morgen Blicke, wenn sie einander begegneten, beide auf dem Weg zur Arbeit, sie lief von der Kaljajewskaja- zur Soljanka-Straße, er vom Puschkinplatz zur Kaljajewskaja. Zehn Jahre wagte er nicht, sie anzusprechen, weil er glaubte, sie sei zu jung für ihn. Später stellte sich heraus, dass sie gleich alt waren. Erst im elften Jahr ihrer Straßenbekanntschaft sprach er sie an.

An jenem Tag kamen Mama und ich aus einem Schneideratelier. Ich trug eine gerade fertiggestellte Jacke mit Kapuze (mit einem solchen Wunderding hatten unsere Schneiderinnen damals noch keine Erfahrung, sie war furchtbar schlecht geschnitten, am Kopf zu eng und mit einem langen, fast bis zum Po baumelnden Zipfel).

Mama und ich wollten gerade die Straße überqueren und zu unserem Haus laufen, da erschien er – sehr helles blondes Haar, helle Augen, in einem ziemlich abgewetzten Ledermantel – und blieb vor uns stehen. Mama sagte zu ihm: »Das ist meine Tochter.« Und zu mir: »Lauf nach Hause.«

So begann ihre große Romanze. Ich war fünfzehn, die beiden waren achtunddreißig. Er war verheiratet, sie ebenfalls. Nach zwei Jahren ließ sich Mama von meinem Vater scheiden, er aber blieb bei seiner armenischen Ehefrau.

Ich wurde zur Komplizin und Vertrauten. Nach einigen Jahren stellte ich allerdings die Frage: »Mama, warum lässt er sich nicht scheiden?« Ihre verblüffende Antwort: »Wenn ich wollte, wäre er längst hier, aber er ist nicht nur ein guter Liebhaber, sondern auch ein guter Ehemann und Vater.

Wenn er seine Familie verlassen würde, wäre er unglücklich. Ich möchte nicht, dass er an meiner Seite unglücklich ist.« Ich war perplex: eine Liebe ohne Egoismus? Eine heroische Liebe? Gab es das? Ja, offensichtlich gab es das. Niemand außer mir erinnert sich mehr daran.

Ich verstand nichts, absolut nichts von der Liebe. Ich schwor mir, mich nie mit einem Verheirateten einzulassen. Wenn ich heute daran zurückdenke, muss ich lachen. Als ich Andrej begegnete, war er zwar offiziell von seiner Frau geschieden, konnte sich aber viele Jahre nicht entscheiden, wer eigentlich seine Frau war: die Geschiedene oder ich … Er brauchte Jahre, um es herauszufinden.

Meine Mutter starb vor der Ehefrau von Boris. Dreizehn Jahre dauerte ihr heimliches Glück. Ihre Liebe hatte einen festen Zeitplan: Jeden Morgen, außer an Sonn- und Feiertagen, trafen sie sich um acht vor dem Fleischerladen auf dem Puschkinplatz und liefen über die Boulevards bis zu Mamas Arbeitsplatz in der Soljanka-Straße. Dann fuhr er zu seiner Schicht. Nach zwei Jahren heimlicher Treffen, nach Mamas Scheidung von meinem Vater, kam Boris auch zu uns nach Hause, in unsere Kommunalka.

Mama arbeitete meist bis drei, nahm ein Taxi und eilte nach Hause, und er erschien zur selben Zeit, in der Pause zwischen zwei Schichten. Wenn er nur eine Schicht hatte, blieb er, wir aßen zusammen, dann schickte Mama mich weg, ich könne machen, was ich wolle, solle aber nicht vor sechs wiederkommen. Hatte Boris noch Spätschicht, holte Mama ihn vor seinem Studio ab, und sie fuhren zusammen von der Station Nowoslobodskaja bis zur Pawelezkaja, dann brachte er sie zurück zur Nowoslobodskaja, dann fuhr sie mit ihm wieder zur Pawelezkaja … So ging das dreizehn Jahre.

Unser Zimmer lag direkt neben dem Hausflur. Wenn Boris zu uns in den ersten Stock kam, klingelte er nie, sondern klopfte sacht an die Wand, und Mama huschte zur Wohnungstür und ließ ihn ein. Er war wunderbar und gefiel mir besser als mein Vater, was mich immer traurig machte.

Nach und nach freundeten wir uns an, gewannen einander lieb. Ich kann nicht sagen, dass er mir den Vater ersetzte. Ich hatte einen Vater, meinen armen Vater. Doch Boris nahm einen wichtigen Platz in meinem Leben ein. Ich war also nicht vaterlos, aber doch so etwas Ähnliches.

Den Ledermantel, den Boris bis Ende der fünfziger Jahre trug, hatte er als junger Kerl von seinem ersten Lohn gekauft, noch vor dem Finnischen Krieg, in den er mit achtzehn geschickt wurde. Ein wertvolles Stück für einen jungen Mann. Aus dem Finnischen Krieg kehrte er zurück, und bevor er 1941 in den Zweiten Weltkrieg zog, vergrub er den Mantel im Vorgarten seines Hauses. Heimgekehrt, grub er seinen Schatz aus und trug den Mantel noch rund dreißig Jahre. Abgewetztes, brüchiges Leder.

Als Mama todkrank war, nahm Boris Urlaub und saß tagsüber bei ihr im Krankenhaus, und ich, schwanger mit Aljoscha, war nachts bei ihr.

Bis zu seinem Tod besuchte er mich zu Silvester und an meinem Geburtstag mit einer runden Torte und einem großen Blumenstrauß. Er überlebte Mama um fast vierzig Jahre, er starb 2006. Mein Sohn, mit dem ich schwanger war, als Mama im Sterben lag, ist jetzt achtundvierzig.

Wie alle ehemaligen Frontsoldaten sprach Boris nie über den Krieg, aber von meiner Mutter weiß ich einiges über seine Gefangenschaft – wie er, als sie zwei Monate lang durch Deutschland getrieben wurden, jeden Abend eine Klinge erhitzte, die er in seinem Stiefel versteckt hatte, und damit seine Wunde an der Schulter desinfizierte, damit sie sich nicht entzündete. Fünf Fluchten aus fünf Lagern. Meiner Mutter erzählte er von seiner letzten Flucht aus einem Gefangenenlager auf einer Nordseeinsel, aus dem er geflohen war, nachdem die Amerikaner das Lager bombardiert hatten. Wie er zwei Kilometer durch das im Oktober eiskalte Wasser schwamm; nur zwei von zweihundert Gefangenen erreichten das Festland lebend. Er erzählte ihr, wie er die Frontlinie überschritt und wie der SMERSCH ihn drei Monate lang marterte, ihn jeden Tag verhörte, bis er eines Tages sagte: »Wenn ihr mich für einen Vaterlandsverräter haltet, schießt mir ins Genick.« Er wandte sich um und ging, sein Genick brannte in Erwartung der Kugel, bis er die Tür erreichte.

Mama lebt schon lange nicht mehr. Boris lebt nicht mehr.

Gerüche sind so entscheidend bei der gegenseitigen körperlichen Anziehung! Das ist so, weil wir Tiere sind.

Der rothaarige Jura hatte sehr kräftiges Haar mit einem ganz eigenen Geruch, an den ich mich bis heute gut erinnern kann. Sein Sohn Sachar hat keinerlei Ähnlichkeit mit Jura, er ist auch nicht rothaarig.

Andrej hatte, als ich ihn kennenlernte, lange Haare, dünn und strohig – kein besonders schönes Haar. Dann schnitt er es immer kürzer, jetzt ist er kahlgeschoren – er hat einen ideal geformten Kopf und schöne Ohren. Sein Gesicht wird immer klarer und klarer. Er hat so viele Selbstporträts gemalt und damit wohl sich selbst irgendwie mitgestaltet. Gestern habe ich spätnachts in seinem Archiv geblättert, auf der Suche nach einem möglichen Umschlag für mein letztes Buch, und eine Million seiner Selbstporträts gefunden, die ich noch nie gesehen hatte. Oh, dieses Ego!

Andrej rauchte damals Belomor-Papirossy und roch nach Tabak, Lösungsmittel und Schweiß. Wenn ich im Bus saß und es hinter mir plötzlich nach Belomor oder nach Firnis roch, brach mir selbst der Schweiß aus. Ich drehte mich um – und hinter mir saß oder stand ein Handwerker. Die Kommunikation der Gerüche. So viel zum Körperlichen. Heute riecht Andrej weder nach Tabak noch nach Schweiß. Mit dem Rauchen hat er aufgehört, und die Schweißabsonderung wird im Alter schwächer. Oder es liegt daran, dass er keine schweren Lasten mehr schleppt …

Dann ereigneten sich Dinge, die das Körperliche verdrängten – unsere Truppen marschierten in Prag ein, und meine Freundin Natalja Gorbanewskaja ging auf den Roten Platz, »für eure und unsere Freiheit«. Überall wurden Versammlungen abgehalten zur Verurteilung jener sieben, die es gewagt hatten … Und ich beging die einzige politische Tat in meinem Leben: Während der Versammlung, als der Augenblick der Abstimmung nahte, mit der die sieben verurteilt werden sollten, versuchte ich, aus dem Saal zu schlüpfen. Doch die hintere Tür war abgeschlossen, also lief ich mit klackenden Absätzen und schweißnassem Rücken unter meinem falschen Chanel-Kostüm durch den vor Neid erstarrten Saal voller kluger junger wissenschaftlicher Mitarbeiter, am Präsidium vorbei und hinaus. Ein erhebendes Gefühl! Allerdings wurde ich recht bald entlassen, und meine Karriere war zu Ende, ehe sie richtig begonnen hatte.

Hier und da gab es kleine Liebesabenteuer, die Hemmschwelle war niedrig, bis ich den Mann kennenlernte, der mein letzter Ehemann wurde. Und es bis heute ist. Im Grunde mein einziger. Mein gesamtes vorheriges Liebesleben ist vergessen, verweht und versunken.

Zur Mobilität. Zuerst will das Kind auf den Arm, will von der Mutter getragen und vom Vater in die Luft geworfen und aufgefangen werden. Dann, wenn es größer wird, möchte es sich so schnell wie möglich von den elterlichen Händen lösen und sich frei bewegen. Schaukeln, Laufen, Springseil springen, Fangen, Fußball spielen. Der Schnellste und Geschickteste steht in der kindlichen Hierarchie ganz oben. Später dann der Klügste. Doch Schnelligkeit, Beweglichkeit und Kraft bleiben Vorteile. Und meist gewinnt nicht der Klügste, sondern der Gerissenste …

Was demonstrieren Vogelmännchen den Weibchen beim Balztanz? Körperliche Schönheit? Die Schönheit der Bewegungen? Die Schönheit des Geschlechts? Das Geschlecht kann nicht hinterhältig sein. Es ist aufrichtig und hält nichts verborgen. Die Natur verlangt von ihm, immer und überall aktiv zu sein.

Das Geschlecht, in dem du lebst. Ich würde es nun gern verlassen und in eine ungebundene Existenz wechseln, in der die Sklaverei, die sinnlose Reproduktionstätigkeit, vorbei ist und eine engelhafte Freiheit beginnt.

Ich schaue meinen Enkel Lukas an und seine russisch-italienische Freundin – ein bezauberndes kleines Luder mit vielsagendem Blick unter gesenkten Lidern, eine künftige Schönheit und Verführerin. Davor gibt es keine Rettung. Die beiden sind in dem Alter, in dem innerlich alles brodelt und einen verlegen macht und den Menschen von dem Sinn ablenkt, der über der Fortsetzung des eigenen Ich, über der Vermehrung steht.

Vor vierundvierzig Jahren habe ich meinen jetzigen Mann Andrej kennengelernt. Eine schwierige, langjährige Geschichte, die uns beide sehr verändert hat. Diese neue Biographie des Körpers und der Seele bestimmte unser gesamtes restliches Leben.

Die Grenzen der Körper verschwimmen mit der Zeit, genau wie die Grenzen der Seelen. »Von einem Fleisch und Blut«, so heißt es oft im Märchen – womöglich kann man das tatsächlich erreichen. Einigkeit im Denken und im Fühlen ganz gewiss. Unsere gegenseitige Verwandlung, Vereinigung, die beiderseitige Durchdringung, die in Liebesumarmungen begann, steht kurz vor der Vollendung: Wir sind alt, ich bin 77, er wird 86. Wir sind aus unseren jungen Körpern herausgewachsen, haben sie abgeworfen wie Schlangenhäute. Es heißt, auch Lichtwesen hätten ein Geschlecht, es gebe Engel und Engelinnen, doch sie benutzten diese Ausstattung nicht. Vielleicht bedeutet das neu erfundene Wort »Gender« genau das?

Auf manche Fragen gibt es keine Antwort: Warum wendet die lebendige Natur so gewaltige Kräfte für die Selbstreproduktion auf? Warum verbraucht der Mensch so viel Kraft, Talent und Energie, um sich selbst samt dem Planeten zu vernichten?

Und das Letzte, Frustrierendste: Wir wissen, wissen sehr genau, wie neue körperliche Hüllen geschaffen werden. Damit mussten wir uns beschäftigen. Aber wir haben keine Ahnung, wie neue Seelen entstehen. Warte, mein Freund, warte noch ein Weilchen – bald werden wir es erfahren.

Mein Begräbnis wird schön und fröhlich sein. Ich sehe es seit Langem vor mir.

Ihr seid alle gekommen, einige von weit her – Aljoscha mit Natascha und Lukas aus London, Mark aus Amerika, Petja und Marjascha zu Fuß, und Mila mit einem großen Auto. Lika aus Israel, Tanja aus Italien, am Tag vor meinem Tod besucht mich Sascha Borissow, nicht weil ich ihn darum gebeten habe, sondern aus eigenem Antrieb. Ich hätte nicht gewagt, zum Abschied einen Priester zu rufen. Sollte Sascha nicht kommen, wird Wolodja, der andere Priester aus meinem Bekanntenkreis, in der Kirche neben dem Telegrafenamt einen Trauergottesdienst abhalten, und dort wird Natascha Bruni hingehen, vielleicht mit Andrej und Anetschka. Mein orthodoxer Glaube hat sich verflüchtigt, aber es ist so schön, wenn mit den Worten »Herr, nun lässt du deinen Diener in Frieden fahren« der letzte Punkt zum Abschied gesetzt wird.

Manches habe ich nicht gefunden, aber gesucht. Dafür habe ich etwas gefunden, das sich nicht erzählen lässt, mir aber die süße Freiheit verleiht, über mein Begräbnis zu schreiben.

Meine lieben Freunde werden kommen, alle, die sich von ihren dringenden Angelegenheiten losreißen können. Danke, meine Lieben.

Nur eines weiß ich nicht: Ob Andrej zu meinem Begräbnis kommen oder ob er vor mir gehen wird. Ich wünsche mir, dass er eher geht, denn allein würde er sich unbehaust fühlen. Aber vielleicht überschätze ich meine Rolle und unterschätze seine furchtlose Einsamkeit und Selbstgenügsamkeit.

Im Sarg werde ich gut aussehen – besser als eine Woche vor meinem Tod. Ganz zu schweigen von Andrej: Sein Gesicht ist wie edle Bronze, ohne alles Überflüssige.

Dann werden Tische gedeckt im Café Mart oder an einem anderen vertrauten Ort, es wird nur Gutes über mich gesagt werden, und ich werde, wenn es diese Möglichkeit gibt, euch zuschauen, mich über eure Worte, eure Treue und eure Liebe freuen, mehr noch, als ich es im Leben konnte.

Und das Wichtigste, das Allerwichtigste: Endlich werde ich meinen wahren Namen erfahren.

FREUNDE

Wie suchen wir uns unsere Freunde aus, und tun wir das überhaupt? Freunde treten in unser Leben und geben ihm manchmal eine ganz neue Richtung. Freundschaft ist immer auch Liebe, nur ohne sexuelle Leidenschaft und dennoch mit den für jede Leidenschaft typischen Begleiterscheinungen wie Eifersucht, Besitzanspruch und Enttäuschungen. Liebe ohne Freundschaft hingegen bleibt nur so lange erhalten, bis die Leidenschaft verflogen ist.

Ich habe einen großen Freundeskreis, eine ganze »Kollektion«. Leider ist ein Teil von ihnen schon gegangen. Es ist wunderbar und beglückend, dass die Liste der Freunde noch immer offen ist und neue hinzukommen. Im Laufe meines Lebens habe ich einige Freunde an den Tod verloren, ein paar auch aus anderen Gründen. Diese Verluste machen mich traurig. Ich fürchte, sie sind nicht zu ersetzen.

Schon in jungen Jahren fühlte ich mich stets zu den Älteren hingezogen. Meine »Staruschki-Podrushki«, wie ich sie nenne, meine »alten Freundinnen«, waren für mich wie Lehrerinnen und zugleich meine besten Gesprächspartnerinnen. Nun bin ich selbst für meine jüngeren Freunde eine solche »Staruschka-Podrushka«. Ich hatte allerdings mehr Glück: Meine »alten Freundinnen« waren besser als ich.

Unsere Freunde teilen wir mit anderen, es entstehen Freundeskreise, die sich manchmal überschneiden. Erst jetzt, da für mich die Zeit der Erinnerungen angebrochen ist, wird mir bewusst, wie viel Licht unsere großartigen Freundschaften in die dunklen und schwierigen sowjetischen Zeiten gebracht haben. Wir brauchten unsere Freunde nicht, um mit ihnen Spaß zu haben, wir brauchten sie zum Überleben. Warmherzige Beziehungen waren für uns in dem menschenfeindlichen Sowjetsystem äußerst wichtig, denn wahre Menschlichkeit erfuhren wir fast nur von unseren Freunden. Wir teilten alles miteinander – unsere Zeit, Bücher, Essen, Geld. Diese Freundschaften sind eines der zwei Geschenke, die meine Generation von der ungeliebten Sowjetmacht mitbekommen hat. Das zweite Geschenk bestand darin, dass wir besonders viel und intensiv lasen. Aber das ist ein anderes Thema.

Es schien damals, als würde die Gesellschaft durch eine gigantische unsichtbare Zentrifuge geschleudert, die die einzelnen Schichten voneinander trennte. Manche Schichten hatten gemeinsame Berührungspunkte, andere blieben für sich. Im Zentrum eines jeden Freundeskreises stand in der Regel eine charismatische Persönlichkeit. Ich kannte mehrere solcher zentralen Figuren: Wadim Borissow, Viktor Nowatzki, Jura Sobolew-Nolew ... Jeder von ihnen hätte ein eigenes Buch verdient. Wadim Borissow beispielsweise war ein Freund Solshenizyns und sein Assistent, nach der Perestroika wurde er sein erster Verleger in Russland. Borissow war Dissident, wie fast alle denkenden Menschen damals, er war Historiker, Autor äußerst kluger Aufsätze über die russische Geschichte. Er ertrank 1997 in der kalten Ostsee ... Viktor Nowatzki war sehr begabt und gebildet, aber faul, er selbst schrieb nichts, aber unzählige Menschen holten sich bei ihm Rat, auch ich ... Jura Sobolew-Nolew war ein wunderbarer Maler, der zudem enorme wissenschaftliche Kenntnisse besaß und auch in Kunstgeschichte sehr bewandert war ... Jura und Viktor waren eng befreundet und starben am selben Tag.

Es gab auch Freundeskreise, die in höheren Sphären schwebten und für uns unerreichbar waren, wie die Kreise um Gelfand, Mamardaschwili oder Kopelew.

Andere Freundeskreise bildeten sich in familiären Zusammenhängen, was für das alte Moskau typisch war: die Schachowskois, die Brunis, die Poliwanows. Den Kern solcher Kreise bildete der Familienclan, der sich durch weitere Verwandte und Freunde ständig vergrößerte. Ich kannte einige solcher Kreise, wurde freundlich aufgenommen, blieb aber immer außen vor. Über diese Moskauer Kreise schrieb unter anderem der Mathematiker, Philosoph und Schriftsteller Wladimir Kormer in seinem letzten Roman, *Das Erbe*. Er hat die Atmosphäre der »Stagnation« in den siebziger und achtziger Jahren recht treffend beschrieben.

Eine der charismatischen Figuren, die im Zentrum eines großen Freundeskreises standen, war der Bildhauer Dmitri Schachowskoi, genannt der Fürst. Er war tatsächlich eine Art Fürst, denn seine Mutter, Natalja Schachowskaja, war eine Fürstin. Sein Vater war Michail Schick, einer der Priester und russischen Neumärtyrer, die 1937 in Butowo bei Moskau erschossen wurden.

Dmitri, Dima, trug den Familiennamen seiner Mutter bzw. den seiner Tante, die nach der Verhaftung von Dimas Vater und dem Tod seiner Mutter die beiden jüngeren Kinder ihrer Schwester adoptierte. Sein Vater war zu »zehn Jahren ohne Recht auf Briefwechsel« verurteilt worden, was damals Erschießung bedeutete, wovon die Familie aber erst sehr viel später erfuhr, und so starb Dmitris Mutter in der Hoffnung, ihr Mann wäre noch am Leben.

Von Dima kann ich nicht erzählen, ohne seine Eltern zu

erwähnen. Es gibt ein umfangreiches Familienarchiv, das seine Erben aufbewahren. Die darin enthaltenen Briefe bezeugen nicht nur die Geschichte dieser Familie, in der sich russische Aristokraten ebenso finden wie Dekabristen und Nachfahren eines Rabbiners, aus denen ein russisch-orthodoxer Priester hervorging. Sie dokumentieren die Geschichte eines kriegerischen Landes, das seine besten Kinder vernichtete, unschuldige Menschen in Gefängnisse und Lager sperrte, Menschen, die die Kultur dieses Landes geschaffen hatten. Das Schicksal der Familie Schachowskoi ist ein Zeugnis russischer Geschichte.

Als kleines Beispiel zitiere ich einen Ausschnitt aus einem Brief, den Dimas Großvater im Dezember 1920 an seine Tochter Anna, eine Schwester von Dimas Mutter, ins Butyrka-Gefängnis schrieb: *Ich bin erfreut über Deine heitere Stimmung, denn ich war überzeugt, dass Du das Gefängnis genau so zu nehmen verstehst. Ich bin der Auffassung, dass zur vollständigen Bildung eines russischen Bürgers das Gefängnis unbedingt dazugehört, und da ich Dir von Herzen wünsche, eine gute Staatsbürgerin zu werden und Deine Ausbildung abzuschließen, bin ich keineswegs traurig über diese Prüfung, die Dir das Leben geschickt hat …*

Das Schicksal sandte der Familie Schachowskoi sämtliche Prüfungen jener Zeit: Verbannung, Haftstrafe, Erschießung, Evakuierung, Hunger, Überlebenskampf.

Dimas Vater Michail Schick wurde 1925 zum Diakon geweiht, doch kaum hatte er seinen Dienst angetreten, wurde er 1926 nach Turtkul in Usbekistan verbannt. Zu dieser Zeit hatte die Familie bereits drei Kinder.

1927 besuchte Natalja Schachowskaja ihren Mann in der Verbannung, 1928 kam Dima zur Welt.

1931 kaufte die Familie Schachowskoi ein Haus in Malojaroslawez. Dort verbrachte Dima seine Kindheit. Das Leben der Familie ist bis heute mit diesem Haus verbunden. Vor kurzem traf ich Natascha, Dimas älteste Tochter, und sie erzählte mir, ein Feuer habe zwei Anbauten zerstört, das Haupthaus aber wäre wie durch ein Wunder stehen geblieben, und nun müssten sie das Dach reparieren, um ihr Familiennest zu erhalten. Die Rede ist nicht vom Fürstensitz der Schachowskois, sondern von einem bescheidenen Haus, in dem die große Familie lebte, wobei in einem der Anbauten eine kleine Hauskirche untergebracht war. Dort hielt Dimas Vater heimlich Gottesdienste ab, er war inzwischen Priester geworden. 1931 war er aus der Verbannung zurückgekehrt, durfte aber nicht in Moskau wohnen, sondern nur in einer Entfernung von 101 Kilometern. Die Stadt Malojaroslawez liegt hinter dem 101. Kilometer, und deshalb lebten zu dieser Zeit viele Schicksalsgefährten dort, die auf die gleiche Weise in ihren Rechten eingeschränkt waren.

Die folgenden Jahre kann man als Familienidylle bezeichnen: sich liebende Eltern, fünf Kinder, ein Garten, eine Kuh – sie hungerten nicht, mussten aber viel arbeiten, um zu überleben.

Ein Brief, den Natalja Schachowskaja 1936 an ihre Mutter schrieb, ist erhalten geblieben:

... wenn Mischa unterwegs ist, muss ich das Holz hacken und ins Haus schleppen, die Kuh versorgen usw., aber wenn er da ist, habe ich nicht so viel zu tun und werde nicht so schnell müde. Dabei muss Mischa mit seiner Arbeit an der Goethe-Übersetzung vorankommen, bevor er nach Moskau fahren kann.

Die Übersetzung ist nie fertig geworden. 1937 kamen erneut Mitarbeiter des NKWD in ihr Haus. Dimas Vater wurde beschuldigt, ungesetzliche Handlungen begangen zu haben, obwohl es dafür keine Beweise gab. Als man ihn abführen wollte, sollte er seinen Pass vorzeigen, aber der lag in dem bewussten Anbau. Die NKWD-Leute hatten den Raum zunächst gar nicht bemerkt, als sie nun hineingingen, fanden sie das Priestergewand. Am Tag darauf wurde Michail Schick erschossen, wovon seine Familie aber viele Jahre lang nichts erfuhr.

Dima lebte lange in Malojaroslawez. Dort überstand er auch die Kriegszeit. Er war dreizehn oder vierzehn Jahre alt, als er und seine siebzehnjährige Schwester sich um fünf alte Frauen kümmern mussten, die in ihrem Haus wohnten. Hier ein Auszug aus einem Brief, den Natalja Schachowskaja im Januar 1942 an ihre Schwester Anna schrieb:

19. Januar 1942

... Du weißt ja aus meinem ersten Brief, den Du hoffentlich bekommen hast, dass das Haus am 13. Oktober während des ersten schweren Bombenangriffs auf Pokrow halb zerstört worden ist und Mutter leicht verwundet wurde. Danach überstanden wir noch ein paar schreckliche Bombenangriffe und Artilleriebeschüsse, wir wurden ausgeraubt und mussten längere Zeit deutsche Soldaten beherbergen, wir bekamen Drohungen von der Gestapo wegen Giselle Jakowlewna, dann gab es wieder einen langen und schweren Bombenangriff, Artilleriebeschuss, ein Feuer brach aus (alle waren zu Hause, denn die Erfahrung hatte gezeigt, dass es sinnlos war wegzugehen, man lief immer nur hin und her), aber das Haus blieb stehen, obwohl das Dach beschädigt wurde und die Fenster viermal herausflogen (bei 35 Grad Frost); schließlich wurde uns vor Kurzem, am 4. Januar, noch die Kuh weggenommen.

Aber die schwerste Prüfung sind die fünf alten Frauen, die wir versorgen müssen, denen wir die besten Plätze im intakten Flügel des Hauses abtreten mussten (wir selbst schlafen in dem kleinen Wohnzimmer und im großen Zimmer auf dem Fußboden), für die ich den Kindern das Brot wegnehmen muss, das sie selbst unter großen Mühen besorgt haben, während die Frauen sich die ganze Zeit untereinander zanken (und mit den Kindern), ständig unzufrieden sind, vor Hunger und Kälte Angst haben und sich in jeder Hinsicht kindischer benehmen als meine erwachsenen Kinder.

Die Kinder sind gesund und ganz munter, besonders Mascha, die weiter ausgeglichen ist und sogar in schweren Momenten die gute Laune nicht verliert, während des Beschusses rannte sie von einer Alten zur anderen, trug die Sachen hin und her, dichtete die Fenster ab, machte alles »gemütlich«, sie verdient Geld mit Wäschewaschen, damit wir etwas zu essen haben, schläft die ganze Zeit auf dem Fußboden, hat kein eigenes Eckchen und hat sich nicht ein einziges Mal beklagt. Lisa und Dima haben ebenfalls viel gearbeitet und tun es weiter (sie müssen uns mit Holz versorgen, Pferdefleisch beschaffen usw.), und Dima begleitet mich immer, selbst bei den gefährlichsten Streifzügen …

Die »fünf alten Frauen«, die zu jener Zeit bei ihnen wohnten, das waren Natalja Schachowskajas Mutter und deren beide Schwestern sowie die Schwiegermutter Giselle Jakowlewna und Warwara Malachijewa-Mirowitsch. Alle waren über siebzig. Zwei der Alten starben später in der Evakuierung.

Hier noch ein Ausschnitt aus einem unvollendeten Brief von Natalja Schachowskaja, den sie im Krankenhaus ein paar Tage vor ihrem Tod an ihren Mann schrieb, der zu dem Zeitpunkt schon fünf Jahre tot war:

16. Mai 1942

Mein geliebter und teurer Freund, nun ist mein letzter Frühling angebrochen. Und Du? Noch immer ist Dein Schicksal rätselhaft, geheimnisvoll, noch immer glimmt die Hoffnung, dass Du zurückkehren wirst. Aber selbst wenn Du zurückkehrst, werden wir uns nicht wiedersehen, dabei habe ich mir so gewünscht, auf Dich warten zu können. Doch es hat keinen Sinn, das zu bedauern. Sich erst zu begegnen und dann wieder trennen zu müssen wäre noch schwerer, aber für mich ist es Zeit. Ich weiß, mein Liebster, hätte Gott uns dazu erkoren, gemeinsam alt zu werden, wir hätten gut zusammengelebt … Im Frühjahr 1939 ging ich in den Garten und dachte voller Wehmut: Wozu blüht hier alles, wenn mein Liebster es nicht sehen kann? Es hätte besser überall Wüste sein sollen. Und als hätte ich das Unheil heraufbeschworen, blühte im nächsten Frühjahr schon nichts mehr …

… Mischa, was haben wir für wundervolle Kinder! Dieses furchtbare Kriegsjahr hat in ihnen so viel freigelegt, weiterentwickelt, sie gezwungen, erwachsener zu werden, und dabei scheinbar nichts verdorben. Aus Dima ist in diesem Jahr ein tiefgläubiger Christ geworden. Wir sind uns sehr nahe. Er wird sicher nie vergessen, wie wir zusammen im Schutzraum saßen und eine Bombe mit Geheul und Kreischen vom Himmel fiel … Er erstarrte: »Mama, sie kommt zu uns, zu uns.« Ich sagte: »Bete, Dima«, und er nahm seine Mütze ab und bekreuzigte sich inbrünstig. »Nun, Dima, wir sind am Leben …« Der arme Junge, was musste er alles durchmachen …

Ich habe Dima Schachowskoi in den siebziger Jahren des vorigen Jahrhunderts kennengelernt. Er war damals um die fünfzig. Menschen wie ihm war ich zuvor nie begegnet.

Schon als Jugendlicher war er gezwungen, der Mann im Haus zu sein. Erde, Wasser, Holz, Lehm – er kannte das dörfliche Leben, war mit diesen Materialien vertraut. Die meisten Städter versuchen, ihre Naturverbundenheit zu verbergen, Dima hat sich nie davon losgesagt. Im Freien fühlte er sich immer am wohlsten – im Dorf Akatowo, im Wald, am Fluss, mit Erde und Wasser. Er konnte alles – frühmorgens Fische fangen, damit die Familie mittags etwas zu essen hatte, Holz hacken, den Garten bestellen …

Dima sah immer so aus, als würde ihm das Leben leichtfallen. Er tat alles ohne Anstrengung. Er spottete gern, ohne jemanden zu verletzen, er war streng mit sich selbst und tolerant gegenüber anderen, er war ständig umringt von einem Haufen Kinder, den eigenen und den Nachbarskindern, denn er hatte alle Eigenschaften, die Jungs so bewundern: Er war geschickt, flink, handwerklich begabt, er konnte alles reparieren und alles bauen. Ich habe ihn nie auf einem Pferd gesehen, aber er bewegte sich wie ein Reiter. Früher hätte man gesagt: Er war ein richtiger Recke.

Auf der Krim, in Sudak, wo wir im Sommer alle zusammen unsere Kinder hüteten, galt es als großes Glück, wenn Dima Schachowskoi kam. Seine Anwesenheit machte alles noch flirrender – die allabendlichen Gelage mit regionalem Portwein und verstimmter Gitarre, die von Liebe durchtränkte Krim-Luft, die Kostümfeste für die Kinder, die sich vor aller Augen anbahnenden Ehen und Seitensprünge. Morgens dann stieg Dima, der nie unter einem Kater litt, mit einer ganzen Kinderschar auf einen der umliegenden Berge oder wanderte mal eben zum Kap Meganom. Er lief wunderbar leichtfüßig und elegant, und alle versuchten, seinen mühelosen und sicheren Gang zu übernehmen.

Schachowskoi wurde von jedem geliebt. Von den unterschiedlichsten Menschen. Und wer ihn nicht liebte, der empfand zumindest große Achtung vor ihm. In seinen Kreisen aber war er der Patriarch, der weise Ratgeber und eindeutig eine moralische Autorität. Er verstand sich mit Handwerkern ebenso gut wie mit Intellektuellen, Aristokraten oder Bauern – wahrscheinlich, weil er die sozialen Besonderheiten aller auf seltene Weise in sich vereinte. Intellektuellen gegenüber war Schachowskoi allerdings eher vorsichtig. So schien es mir zumindest. Die Leitung des Moskauer Künstlerverbandes mochte ihn nicht, ja fürchtete sich beinahe vor ihm. Er sagte stets, was er dachte, ob privat oder öffentlich. Er stellte niemanden bloß, aber er sprach die Wahrheit aus. Andrej Krassulin erzählte mir von einer Konferenz des Verbandes, bei der kleinere Betrügereien aufgedeckt wurden. Schachowskoi nannte alle Beteiligten öffentlich beim Namen, woraufhin sich die Spitzel des Sicherheitsdienstes wie Schatten von den Saalwänden lösten und rausrannten … Wahrscheinlich, um Meldung zu machen. Unabhängigkeit – ohnehin eine selten anzutreffende Eigenschaft, besonders in Russland, besonders unter Künstlern und besonders für den Sohn eines erschossenen Priesters.

Dima war religiös. Den Glauben hatte er in seinem christlichen Zuhause quasi mit der Muttermilch aufgesogen, darum hatte er kein so verkrampftes Verhältnis zur Religion wie wir anderen, die wir in den sechziger Jahren neu bekehrt wurden. Dima hatte eine weitere Eigenschaft, die sich schwer beschreiben lässt: Er konnte mit einer leichten Handbewegung eine Kränkung oder Unangenehmes wegwischen. Es schien, als hätte er auf geheimnisvolle Weise eine Macht über alles, was vor sich ging. Vielleicht war es auch keine Macht, sondern nur die Fähigkeit, blitzschnell zu reagieren? Es fällt mir schwer, ein Beispiel zu nennen. Oder doch: Ein Freund wirft mit einem Hocker nach Andrej, Dima streckt den Arm aus, und der Hocker fliegt knapp an Andrejs Kopf vorbei. Dima hat einen riesigen blauen Fleck am Arm. Aber Andrejs Kopf ist heil geblieben …

Ich war verliebt in Dima. Aber er nicht in mich. Mehr noch, ich gefiel ihm offenkundig nicht. Er war Andrejs engster Freund. Damals, in den siebziger Jahren, war Andrej noch nicht mein Mann. Er war mein Geliebter, aber nicht nur meiner. Schachowskoi billigte solche freizügigen Sitten nicht, aber er äußerte sich nie dazu und zeigte es auch nicht mit Blicken.

Das ging ungefähr zwanzig Jahre so. Und die ganze Zeit über versuchte ich die knifflige Frage zu lösen, vor die Dima mich gestellt hatte: Wie liebt man jemanden, der diese Liebe nicht erwidert? In jener Zeit wollte ich noch gern anderen gefallen. Aber es gibt eben auch die unerwiderte Liebe, und ich beschloss, es »als Tatsache hinzunehmen«. Da ich Dimas unterkühlte Haltung mir gegenüber spürte, machte ich keinerlei Annäherungsversuche. Doch das verringerte meine Begeisterung für den Fürsten keineswegs. Wir begegneten uns ab und zu bei Andrej im Atelier, blieben aber auf Abstand. Meine Beziehung zu Andrej war in dieser Zeit sehr kompliziert und unbeständig. Alle hatten es irgendwie schwer.

Wie heißt es in alten Romanen so schön: Und die Jahre vergingen. Eines Tages rief Dima mich an und sagte: Ljussja, ich brauche deinen Rat.

Ich habe inzwischen vergessen, welchen Rat er von mir wollte, aber mein inneres Jubilieren ist mir noch gegenwärtig – vielleicht findet Dima mich ja doch nicht so übel, vielleicht hat er seine Haltung mir gegenüber geändert? Sofort lösten sich meine psychischen Verkrampfungen, und von da an war unser Verhältnis sehr warmherzig. Aber mir war eine nützliche Lehre erteilt worden – ich hatte gelernt, ohne Gegenliebe zu lieben, uneigennützig und ohne jede Hoffnung.

Wahrscheinlich hatte ich in jenem Moment die Angst vor ihm verloren und konnte ihn dadurch besser kennenlernen. Und auch seine Arbeiten. Er machte kein Aufhebens davon, zeigte sie kaum jemandem. Seine Arbeiten brauchten nicht viele Worte. Seine Botschaften formulierte er jeweils nur einmal: einmal »Hochzeit«, einmal »Geburt«, einmal »Abschied«. Holz war sein Lieblingsmaterial, er hatte eine ganz eigene, innere Beziehung zum Holz, es war wie ein gegenseitiges Verstehen. Dima berührte es mit dem Beil, und es antwortete ihm. Andrej arbeitet ganz anders: Er vertieft sich in ein Thema und verharrt darin ziemlich lange. Andrej äußert sich auch nicht nur einmal zu einem Thema, bei ihm ist es immer ein längeres Gespräch … Dima brauchte stets nur eine einzige Berührung. Zwischen Handwerk und Kunst gab es für ihn keinen Unterschied. Das Handwerk war seine Kunst. Und jetzt, da Dima schon seit drei Jahren nicht mehr ist, scheinen seine Arbeiten immer bedeutsamer und gewichtiger.

Ein paar seiner großen Auftragswerke sind geblieben und durchaus bekannt: Die Uhr über dem Moskauer Puppentheater von Obraszow (eine Gemeinschaftsarbeit mit Pawel Schimes), das Mandelstam-Denkmal, das er zusammen mit Lena Munz anfertigte. Und die wunderbare Gedenktafel für Mandelstam am Gebäude des Literaturinstituts auf dem Twerskoi-Boulevard, in dem Mandelstam kurze Zeit wohnte.

Dima arbeitete auch mit Andrej zusammen, sie schufen gemeinsam hölzerne Engel. Viele Menschen hatten damals das Bedürfnis nach einer Vertikale zwischen Himmel und Erde, war sie auch zu jener Zeit nur schwach ausgeprägt. Die Sowjetzeit war insgesamt sehr zweidimensional, die Vertikale war verlorengegangen, und wer das spürte, der suchte nach dieser Verbindung – die einen versuchten es mit Hilfe des Christentums, andere mit dem Buddhismus oder verschiedenen Formen von Esoterik.

Ein weiteres gemeinsames Projekt war das Gedenkkreuz für die Opfer des Moskau-Wolga-Kanals, eine Art Himmelsleiter … Aus Spänen und Stöcken schufen die beiden darüber hinaus eine ganze Armee von Engeln, Kuriere der verlorenen Dimension. Bei jedem unserer Freunde hing oder stand eine solche kleine Figur, und jetzt stehen diese Engel sogar im Russischen Museum, riesige Figuren aus Holz, vollkommen flugunfähig …

Natascha Schachowskaja, Dimas älteste Tochter, fertigt bis heute äußerst geschickt Engel aus Papier, Wesen der zweiten Generation.

Diese Engel aus Holz und Papier sind für uns eine Erinnerung an jene Jahre, als der orthodoxe Glaube nur illegal praktiziert werden konnte und dem frühen Christentum ähnelte, das keine Machtambitionen hatte und sich nicht bei den Herrschenden anbiederte.

30. Juli 2016

Änderung aller Pläne: Am 28. Juli ist Dima Schachowskoi gestorben; ich erfuhr es eine Stunde nach seinem Tod – Nika Borissow rief aus Lettland an. Ich habe mich beeilt – nun fliege ich zwei Tage früher nach Moskau, um an der Beerdigung teilnehmen zu können. Ich fliege über Rom, Business Class, andere Tickets gab es nicht mehr. Dima war schon gegangen, bevor er starb – das ganze letzte Jahr über war er eigentlich nicht mehr anwesend, blickte in andere, jenseitige Gefilde. Ich schrieb Wowotschka Radunski und Grischa Frejdin von seinem Tod. Beide kannten ihn gut: Grischa schickte per Mail ein Foto aus den achtziger Jahren mit der Aufschrift – »Als wir noch jung waren …«

Dima, Andrej und ihr Freund Wolodja Kormer waren so etwas wie die »glorreichen Sieben« im Moskau jener Jahre. Wenn diese drei bei einer Party auftauchten, konnten alle anderen Männer gehen: Alle Aufmerksamkeit galt nur noch diesen scharfsinnigen und brillanten »drei Königen«, wie wir sie damals nannten. Der »Ober-König« aber war Dima Schachowskoi.

Was brachten sie als Geschenk mit? Gold, Weihrauch, Myrrhe? Wodka? Sie gaben uns etwas viel Wertvolleres – das beglückende Gefühl von Zusammenhalt und Freundschaft. Und erstaunlicherweise auch von Geborgenheit.

Für Andrej und mich ist Dima ein Zeuge unseres gemeinsamen Lebens, für Andrej auch einer seiner früheren Jahre, und nun gibt es die »drei Könige« nicht mehr … Wolodja Kormer ist schon lange tot, jetzt ist Dima gestorben, nur einer von dem Trio ist noch da – Andrej.

3. August 2016

In Moskau – hier vergeht die Zeit zehnmal schneller als anderswo. Es ist so seltsam, ich bin erst seit drei Tagen wieder hier. Warten auf den Tag der Beerdigung von Dima Schachowskoi. Es ist wie eine Parabel auf ihn, der immer sagte: »Man darf nirgendwohin zu spät kommen.« Er selbst hat sich nie um Pünktlichkeit geschert, er kam nie zur verabredeten Zeit, sondern immer, wann es ihm passte. Damit erteilte er den gesellschaftlichen Gepflogenheiten eine Absage – er hatte seine eigenen. Ein weiterer seiner starken Sprüche hieß: »Lassen Sie sich in Ruhe.« Andrej hat mich in stressigen Momenten oft an Dimas Mahnung erinnert. Und jetzt erinnert mich alles, was passiert, genau daran.

Es ging lange hin und her wegen der Beisetzung: Auf dem Donskoi-Friedhof, auf dem alle Familienmitglieder der Schachowskois liegen, wird niemand mehr beerdigt, nur Solshenizyn wurde noch »aufgenommen«, Dima hatte ein Kreuz für sein Grab angefertigt. Auch auf dem Wagankowo-Friedhof wird niemand mehr beigesetzt. Man einigte sich auf den Trojekurowski-Friedhof. An einem Dienstag! Also gestern. Ich wäre gar nicht zu spät gekommen, hätte einfach mit meinem vorhandenen Ticket fliegen können und wäre rechtzeitig da gewesen.

In Moskau ist es heiß, die gleiche Hitzewelle wie in Italien. 32 Grad Celsius. Aber ohne das Meer. Es ist stickig. Anstrengend. In der Kirche auf der Krasnoselskaja fand die Totenmesse statt, gelesen natürlich von Vater Valentin Asmus, es war kühl, viele Leute waren da. Alles Bekannte, alle haben sich geküsst, nicht nur weil sie in der Kirche waren, sondern weil sich alle schon so lange kennen und jetzt nur noch selten sehen. Die Kinder sind inzwischen groß, kaum wiederzuerkennen, aber die Schachowskois haben alle eine große Familienähnlichkeit.

Vater Valentin, der sich schon als junger Mann kleidete wie ein ehrwürdiger Priester des 19. Jahrhunderts, hat diese Stilisierung endlich nicht mehr nötig: Er sieht jetzt genau so aus, wie er immer sein wollte. Er zelebrierte den Gottesdienst in voller Länge, die beiden Sängerinnen waren wundervoll. Eine von ihnen dirigierte, sie schwenkte ihre dünnen Arme so heftig, als stünde sie vor einem großen Chor, dabei war es nur die andere Sängerin. In der Menge stand auch Borja Pasternak, dessen Großvater einst mit dem Großvater von Vater Valentin befreundet war, sie waren Nachbarn in Peredelkino, Freunde und Gesprächspartner.

In diesem Kreis orthodoxer Christen haben die Menschen die gleichen Probleme wie alle anderen auch, nur dass sie zur Beichte gehen und in der Karwoche fasten. Jetzt standen sie hier gemeinsam in der Kirche, und es wurde einander nicht nur alles verziehen, ihre Probleme hatten sich quasi in Luft aufgelöst, waren von der Zeit weggespült worden – mit großer Kraftanstrengung hatten diese Menschen ihre Beziehungen erhalten können. Ein Synonym dafür lautet – »Liebe deinen Nächsten«. Dieses Gefühl des Verzeihens und der Liebe füllte die Kirche vollkommen aus.

Dann fuhren wir nach Nowogirejewo in das Haus von Faworski, einem Verwandten mehrerer bekannter Künstler.

»Das rote Haus«. Daneben liegt eine Militärkaserne, die, wie es scheint, noch immer genutzt wird. Holzhäuser. Ein Dorf. Damals war es »fernab von Moskau«.

Vier Ateliers, vier Wohnungen. Ein Hof, wie es sie heute kaum noch gibt. Alles ist erhalten … Ein Garten mit richtigen Apfelbäumen, die in diesem Jahr pausieren. Scheunen. Werkstätten … Hunde, von denen ich über die Jahre mindestens fünf Generationen erlebt habe. Jetzt sind es zwei – ein liebenswer-

ter brauner Mischling mit plüschigem Fell und ein typischer wolfsartiger Hofhund. Und Katzen. Diesmal zeigte sich nur ein prächtiges schwarzes Exemplar, die anderen waren offenbar gerade unterwegs.

Das Haus steht wie eine Insel in einem Meer von Neubauten, die inzwischen auch schon alt sind. Erbaut Ende der dreißiger Jahre, befand sich dieses rote Ziegelsteinhaus damals außerhalb der Stadt. Es hat zweieinhalb Etagen und war zu meiner Zeit ein richtiges Anwesen mit großem Garten, Schaukel, einem Netz für Ballspiele, einer Keramikwerkstatt, einer Skulpturenscheune, in der Andrej sich einmal fast die Knochen gebrochen hat. Bei der Montage eines Reliefs fiel er von der Leiter, die Dima schlecht befestigt hatte. Immerhin acht Meter Höhe. Blagoweschenski konnte ihn wie durch ein Wunder auffangen.

Das Haus ist nach wie vor bewohnt, allerdings leben mehr als zehnmal so viele Leute darin wie früher. Innen gibt es keinen Fünf-Sterne-Komfort. Die wundervollen Menschen, die einst darin wohnten – Faworski, Schachowskoi, Golizyn –, hielten von Luxus ebenso wenig wie die heutigen Bewohner.

Dima liebte das russische Landleben, er konnte so gut sensen wie ein Bauer, konnte Häuser bauen, verstand viel von Holz und anderen scheinbar »wertlosen« Materialien. Andrej hat in jungen Jahren eine Menge von ihm gelernt, später übernahm Dima auch einiges von Andrej.

Als Dima vor vielen Jahren erfuhr, dass sein Vater in Butowo erschossen worden war, errichtete er dort ein großes Kreuz. Später kam noch eine Holzkirche für die Neumärtyrer des 20. Jahrhunderts dazu.

Kurz danach hörte er auf, Skulpturen anzufertigen. Aber auch seine Zeichnungen waren großartig. Bei mir an der Wand hängt eine Zeichnung zu einem Motiv aus der Antike, die er mir geschenkt hat. Eine Frauenfigur, ich glaube, Phädra.

Bei der Totenfeier sagte jemand, Dima sei wortkarg gewesen wie alle bildenden Künstler, und das stimmt. Besonders in den siebziger und achtziger Jahren gab es einige dieser wortkargen Künstler, sie galten als »Raubeine« … In seinen letzten Lebensjahren arbeitete Dima kaum noch. Andrej meint, er habe keine Lust mehr gehabt und sei eigentlich faul gewesen. Natürlich war es viel komplexer. Wer weiß schon, welche Arbeit seine Seele leistete und ob diese Arbeit nicht viel wichtiger war als jede Holzfigur …

Ein Bild von gestern: Auf dem Hof, parallel zur Hauswand, stand ein langer, für diesen Anlass gezimmerter Tisch. Daneben verlief ein schmaler Graben – man hatte ihn wegen des Gewitters ausgehoben, das es am Tag des Propheten Ilja meistens gibt. Vom Dach aus war eine Plastikplane gespannt und an den Bäumen im Garten befestigt worden. Es waren große Bäume, und die dicken Seile erinnerten an Schiffstaue. Gegen Abend kam tatsächlich ein Gewitter; es donnerte, vom improvisierten Zeltdach floss das Regenwasser in den Graben – der Beweis, dass Dimas Sohn Wanja seine Geschicklichkeit geerbt hat.

Es waren ungefähr hundert Leute da. Wanja Schachowskoi, ein sehr bescheidener Mann, der bisher immer im Hintergrund agierte, nahm nun Dimas Platz ein. Ohnehin hatte er alle familiären Angelegenheiten bereits in den letzten Jahren in die Hand genommen. Natascha – wie alt mag sie jetzt sein, schon über sechzig? – ähnelt ihrem Vater, sie hat ein wunderschönes Gesicht. Rembrandt hat meistens Männer gemalt und nur selten alte Frauen, aber sie könnte eine solche alte Frau von Rembrandt sein.

Von diesem Tag lässt sich eigentlich nur erzählen, indem man einzelne Novellen hinzufügt, aber dann wird es ein ganzer Roman, und einen Teil davon habe ich schon geschrieben – Medea und ihre Kinder.

Eine letzte Abschweifung: Wenn ich sage, dass man im Ausland gut leben kann, sich das eigentliche Leben aber hier abspielt, dann meine ich genau das. Es ist heute so viel vom weltumspannenden Internet die Rede, wir aber hatten schon damals unser eigenes lokales Netz. Dima Schachowskoi war der Server, der fast alle bediente, die es wollten. Nur sehr selten wurde jemand nicht aufgenommen. Zu diesem Kreis zu gehören war gleichbedeutend mit einer Absage an das normale Leben dieser Zeit. Es waren vor allem Künstler, orthodoxe Christen, die die Spielregeln des Staates nicht akzeptierten und versuchten, wie ihre Vorfahren zu leben. Das gelang nicht in jeder Hinsicht, aber es wurde Ostern zelebriert und Weihnachten, es gab Trauungen und Taufen und dafür keine Feiern zum Ersten Mai oder zum Tag der Oktoberrevolution. Viele Jahre nahm ich an den Gottesdiensten teil, obwohl es mir zunehmend schwerfiel, aber ich fühlte mich zu diesem Kreis hingezogen und wollte am Leben dieser wunderbaren Menschen teilhaben. Es gelang mir nicht ganz, denn die Seele lässt sich zu nichts zwingen. In mir sträubt sich eben alles gegen jede Art von Disziplin … Ich empfinde es als großes Glück, lange Jahre zu diesem besten Teil der sowjetischen Gesellschaft gehört zu haben, wenn auch nur am Rande. Aber selbst in jenem Kreis, dessen Menschen ich über alles liebte, hielt ich es irgendwann nicht mehr aus. Es hat mich von dort weggespült. Aber das spielt jetzt keine Rolle mehr.

Dima lag im Sarg wie ein Eremit – seine ganze Fröhlichkeit, sein Mut und Draufgängertum, sein geistreicher Witz, all das war unwichtig geworden und von seinem Antlitz verschwun-

den. Immer häufiger kommt mir der Gedanke, dass alle meine verstorbenen Freunde Heilige geworden sind oder zumindest einen Hauch davon mitbekommen haben. Dimas Beerdigung hatte etwas Festliches – ein strahlend heller Tag, ein Gewitter, unzählige Kinder um seinen Sarg. Und die Beerdigung fand am Tag des Propheten Ilja statt, dem Hochzeitstag von Dima Schachowskoi und Mascha Faworskaja …

Ein Jahr nach Dimas Tod zeichnete Andrej ständig sein Porträt, ohne jede Absicht – er begann irgendeine Arbeit, und wieder erschien Dima. Er ging lange nicht fort. Schließlich sagte ich: Halt ihn nicht weiter fest, lass ihn los … Aber was wissen wir schon darüber, wie das Gedächtnis funktioniert, wie die Lebenden und die Toten miteinander verbunden sind?

2017

INDIVIDUUM UND TOTALITARISMUS

Die Freiheit des Individuums im Totalitarismus – das klingt wie eine philosophische Fragestellung aus vergangenen Zeiten. Aber das Problem ist nicht veraltet, obgleich es schon die alten Griechen beschäftigte. Damals erörterte man zum ersten Mal das Thema Staat, Polis genannt. Grundlegende Erkenntnisse über das Wesen des Staates stammen aus dieser Zeit, Platon schrieb mehrere Bücher darüber. Er selbst hielt nichts von individueller Freiheit. Der Totalitarismus entzieht dem Bürger bewusst und vorsätzlich seine Freiheit, ganz gleich, ob das »Totalitäre« durch eine strenge staatliche Struktur umgesetzt wird, von einer Gruppe Gleichgesinnter oder von einem einzelnen charismatischen Führer, und ob die Mehrheit des Volkes dahintersteht oder nicht. Auch diese Tatsache hat Platon vermutlich als Erster formuliert.

Das grundlegende Verhältnis zwischen Individuum und Gesellschaft hat sich seit mehr als sechstausend Jahren, seit sich die Struktur des Staates etablierte, kaum verändert. Der Einzelne opfert einen Teil seiner Freiheit und erhält dafür vom Staat eine Gegenleistung. Das ist das Grundprinzip. Der Rest ist eine Frage des gegenseitigen Aushandelns von Details: Wie viel seiner Freiheit muss der Einzelne abgeben und was genau bekommt er vom Staat dafür. Eine der wichtigsten Gegenleistungen des Staates ist die öffentliche Sicherheit. Die Details variieren je nach Zeit und Ort. Es gibt Dutzende Theorien, die das Wesen und die Ziele des Staates erklären und zugleich begründen, warum es notwendig ist, die persönliche Freiheit gegen die allgemeine Sicherheit und ein paar weitere staatliche Wohltaten einzutauschen.

Es mag an meiner Ausbildung als Biologin liegen, dass ich in diesem Zusammenhang als Erstes an das Tierreich denke, zu dem der Mensch ja eindeutig gehört. Schon lange vor dem Menschen gab es Tiere mit einer sehr vielfältigen und höchst komplexen Form des Zusammenlebens, die man aber nicht als Staat bezeichnen würde. Sie haben »Königinnen« und »Führer«, aber keinen Staat. Für mich sind Theorien über den Staat vor allem dann interessant, wenn sie Erkenntnisse über die Tierwelt berücksichtigen und den Staat im Sinne einer Weiterentwicklung von Populationsbiologie und Genetik betrachten. Einfacher ausgedrückt: Die Soziologie des Menschen hat ihren Ursprung in der Tierwelt, dort haben sich viele Grundprinzipien des Zusammenlebens von Einzelwesen und Gemeinschaft bereits herausgebildet.

Allerdings, wohlgemerkt, ohne Freiheit! So scheint es mir jedenfalls. In letzter Zeit stelle ich meine eigenen Behauptungen zunehmend selbst in Frage, höre mir auch Standpunkte genauer an, mit denen ich nicht sympathisiere. Dabei behalte ich jedoch ein paar leidenschaftliche Grundüberzeugungen, und die basieren auf den Erkenntnissen der Biologie. Der Mensch hat als einziges Wesen die Freiheit, gegen seine natürlichen Instinkte zu handeln – wie etwa den Selbsterhaltungs- und Überlebenstrieb, den Fortpflanzungstrieb oder die Akzeptanz des Rechts des Stärkeren. Ein Tier hat diese Freiheit nicht, es folgt ausschließlich seinen Instinkten. Umso erstaunlicher und letztlich unerklärlich ist die Geschichte des Hundes, der zum Grab seines Herrchens geht und dort stirbt, indem er Essen und Trinken verweigert. Vielleicht ist es auch nur eine schöne Legende. Aber Mythen und Legenden sind Teil unseres Bewusstseins, und so mag auch dieser vermenschlichte Hund darin seinen Platz haben.

Am ehesten anfreunden kann ich mich mit der Staatstheorie des leider aus der Mode gekommenen Philosophen Herbert Spencer. Sein berühmtes Buch *First Principles* entstand 1860–1862, zu einer Zeit, als in London die erste U-Bahn-Linie der Welt fertiggestellt und in Russland die Leibeigenschaft abgeschafft wurde.

Spencer betrachtet den Staat als einen natürlichen Organismus, der sich nach den gleichen Gesetzen entwickelt wie ein Lebewesen, wobei das biologisch-organische Prinzip in der gesamten Menschheitsgeschichte stets dominanter war als das soziale und politische. Spencer war ein Verfechter der Evolution, übrigens noch vor Darwin, dessen Hauptwerk erst ein paar Jahre später erschien. Er vertrat die Konzeption eines kosmischen Ursprungs der Evolution (was heute viele Wissenschaftler tun, vor hundertfünfzig Jahren aber waren solche Ansichten revolutionär), er war ein strikter Gegner von Revolutionen und lehnte alle sozialistischen Ideen ab. Spencer war der Meinung, dass sich die menschliche Gesellschaft ebenso schrittweise, also evolutionär, entwickele wie die organische Welt. Seine Philosophie beruhte auf dem uralten Prinzip des Individualismus, wonach ein Mensch jede Freiheit hat, solange er nicht in die Freiheit eines anderen eingreift. In diesem Punkt stimmt Spencer mit Epikur überein, der im 4. Jahrhundert v. Chr. schrieb: »Gerechtigkeit ist nicht etwas an und für sich Seiendes, sondern ein im Umgang miteinander an jeweils beliebigen Orten geschlossener Vertrag, einander nicht zu schädigen und nicht geschädigt zu werden.«

Der Staat ist somit das Ergebnis eines Gesellschaftsvertrages, der das Zusammenleben der Menschen regelt, wobei jeder Einzelne einen Teil seiner natürlichen Rechte an den Staat abgibt, der Staat wiederum die allgemeinen Interessen vertritt und die Einhaltung der Menschenrechte garantiert.

Spencer stellte eine Hierarchie der Staaten auf, beginnend mit der einfachsten Form – der militärisch organisierten Gesellschaft. Hier wird das Zusammenleben der Individuen durch Gewalt und Unterdrückung geregelt, wobei das Individuum vom Staat dazu bestimmt wird, ausschließlich für diesen da zu sein. Das trifft auf alle Imperien zu, vom Römischen Reich bis zum Russischen Imperium. Eine höher entwickelte Organisation des Zusammenlebens haben die Industriestaaten, in denen die Wirtschaft dominiert, demokratische Prinzipien herrschen und die Individuen auf freiwilliger Basis miteinander kooperieren. Hier ist das Individuum nicht für den Staat da, sondern der Staat für das Individuum. Spencer sieht die gesellschaftliche Entwicklung der Menschheit als eine Bewegung von der militärischen Gesellschaft hin zur industrialisierten, wobei er in Ausnahmefällen auch eine rückläufige Entwicklung für möglich hält. Eine solche Entwicklung zurück zur militärischen Gesellschaft stellt er zum Beispiel im Zusammenhang mit sozialistischen Ideen fest.

Spencer war der Auffassung, die größten Überlebenschancen hätten in der menschlichen Gesellschaft ebenso wie in der Natur die am besten Angepassten. Nach dem Gesetz der Evolution entsteht laut Spencer nach der vorstaatlichen Gesellschaft zunächst eine politische Macht militärischen Typs, die dann schrittweise in eine Gesellschaft, einen Staat und eine Gesetzlichkeit industrialisierten Typs übergeht. Spencer war ein Verfechter von Liberalismus und Individualismus und sah das Ziel eines sozialen Organismus darin, seinen Mitgliedern zu dienen, und nicht, sie zu vereinnahmen. In Klammern sei angemerkt, dass Spencer jedoch gegen Bildungschancen für die breite Masse war, da man beim Aufbau eines Staates auch ohne aufgeklärte Menschen auskomme … Die soziale Evolution betrachtete Spencer als einen Prozess wachsender »Individualisierung«.

Spencer starb zu Beginn des zwanzigsten Jahrhunderts. Er konnte nichts über die postindustrielle Gesellschaft wissen, nicht ahnen, welche gravierenden Veränderungen die Globalisierung mit sich bringen würde, insofern sind seine Theorien heute von rein historischem Interesse. Aber seine Auffassungen sind dennoch bemerkenswert. Als ich die Aufzeichnungen meines Großvaters las, der Spencers Arbeiten 1911 gründlich studiert und kommentiert hatte, ahnte ich nicht, dass ich mich jetzt, mehr als hundert Jahre nach ihm, ebenfalls dafür interessieren würde. Bildungslücken haben auch etwas für sich! Man kann beginnen, wo immer man will, an jedem beliebigen Punkt, frei und ohne jeden Zwang!

Ein alter chinesischer Fluch lautet – »Lebe in interessanten Zeiten!« Unsere Zeit ist eine solche. Ich denke, Sein und Bewusstsein der Menschen verändern sich heute mehr als je zuvor. Ich empfinde die Entwicklungen der Gegenwart als äußerst spannend. Natürlich bin ich mir bewusst, dass die meisten Menschen das nicht so sehen können, weil sie verzweifelt sind, Hass und Angst empfinden, an Ländergrenzen auf fremde Hilfe hoffen oder in Schützengräben und Verstecken sitzen und Bomben basteln. Aber für mich sind Zeit und Ort, die mir zugefallen sind, jenes Schicksalslos, das irgendein Schamanen-Papagei für mich gezogen hat, gerade durch die Veränderungen so interessant, die ich in den letzten siebzig Jahren beobachten konnte.

Ich darf nicht von mir behaupten, ein wirklich freier Mensch zu sein. Aber ich bin in meinem Leben den Weg einer zunehmenden äußeren und inneren Befreiung gegangen. Heute, da die Welt von einer gewaltigen globalen Krise erfasst wurde, die auch und vor allem eine Krise der Begriffe ist, scheint die Freiheit des Individuums wieder ein schwieriges Thema zu sein. In gewisser Hinsicht stehen wir abermals mitten in den Trümmern des Turms zu Babel. Das gegenseitige Nicht-Verstehen ist wie ein tiefer Graben, ein bodenloser Abgrund. Es gibt keine gemeinsame Sprache der Verständigung mehr. Die Worte verlieren ihre ursprünglichen Inhalte, meinte Orwell, für die Inhalte – Krieg und Frieden, Liebe und Hass – gebe es keine Worte mehr. Neusprech – sagt der verwirrte Mensch bei Orwell dazu. In solchen Zeiten gilt Freiheit als Verbrechen.

Ein Teil meines Lebens fiel in jene Zeit, da ein freier Mensch als Verrückter, Aussätziger, Selbstmörder oder schlicht als Dummkopf wahrgenommen wurde. Frei zu sein war ein Verbrechen. Es war die Zeit des kommunistischen Totalitarismus. Dieser Totalitarismus ist vorbei, jetzt gibt es einen neuen, er hat nur noch keinen Namen. Kluge Leute werden einst Bücher darüber schreiben, es wird einen Wikipedia-Eintrag geben unter dem Stichwort »Für unsere und eure Freiheit«. Mit dieser Losung ging im August 1968 eine junge Frau mit ihrem Kinderwagen auf den Roten Platz in Moskau. Die Rote Armee war gerade zum zweiten Mal als Befreierin in Prag einmarschiert: Beim ersten Mal hatte sie das Land vom Faschismus befreit, nun tat sie es, weil sich in der Tschechoslowakei etwas bewegte und die Menschen dort jener »Freiheit« entkommen wollten, die die UdSSR dem Osten Europas gebracht hatte.

Ich war damals vierundzwanzig Jahre alt. Jene junge Frau, die Dichterin Natascha Gorbanewskaja, war sieben Jahre älter als ich. Wir waren schon viele Jahre befreundet, ich ging zu ihren Lesungen und bekam von ihr die »Chronik der laufenden Ereignisse«, Nachrichtenblätter des Samisdat, die Natascha entworfen und bis zu ihrer Verhaftung illegal herausgebracht hatte. Mir war klar, dass sie etwas mit diesen »Chroniken« zu tun hatte, aber ich war nicht auf die Idee gekommen, ihr meine Hilfe anzubieten. Meine Freiheit ging nur bis zu einer bestimmten Grenze – lesen und wissen. Auch etwas wissen zu wollen erforderte damals Mut, denn jeder war gesetzlich verpflichtet, andere zu denunzieren, und jede »Nichtdenunziation« wurde geahndet. Wer einen Verwandten, Freund oder Kollegen nicht an die zuständigen Behörden verriet, machte sich strafbar. In den Archiven des KGB liegen angeblich vier Millionen solcher Denunziationen. Das spricht für sich.

Das Schicksal von Natascha Gorbanewskaja ist allgemein bekannt – sie verbrachte mehr als ein Jahr in der forensischen Psychiatrie, was sehr viel schlimmer war als die Lagerhaft, zu der ihre sechs Mitstreiter verurteilt wurden, die mit ihr auf den Roten Platz gegangen waren. Diese sieben waren wirklich freie Menschen. Es gab damals nur wenige wie sie. Aber viele andere großartige Persönlichkeiten, vor allem hochqualifizierte Ärzte und Wissenschaftler, nahmen sich ihre Freiheit in ihren jeweiligen Berufen. Und es existierte eine Untergrundkunst, auch dort gab es freie Menschen, die sich nicht durch Vergünstigungen vom Staat kaufen ließen: der verrückte Maler Wladimir Jakowlew, der Rebell und ehemalige Frontsoldat Ernst Neiswestny, Wadim Sidur, ebenfalls ein Kriegsteilnehmer … Bei der Gelegenheit ein paar Worte über die Generation, die im Zweiten Weltkrieg gekämpft hatte und von der Front zurückgekehrt war. Ich kannte viele dieser wunderbaren Menschen, von denen heute kaum noch jemand lebt. Sie alle hatten großen Mut bewiesen, sprachen aber nur ungern vom Krieg, denn es fiel ihnen zu schwer – das Blutvergießen, die Angst, die Grausamkeiten, der Tod … Sie alle waren einfache Soldaten, manche hatten im Lazarett gelegen oder waren in Gefangenschaft geraten. Einige kamen gleich nach dem Krieg auch noch in ein sibirisches Straflager. Einer von ihnen wohnte bei uns im Nachbarhaus – Lew Kopelew … Waren sie freie Menschen? Ich kann es nicht mit Bestimmtheit sagen. Aber eines weiß ich – sie waren die Ersten, die das Ausmaß der eigenen Unfreiheit erkannten.

Ein wichtiger Punkt: Freiheit beginnt mit dem Erkennen der eigenen Unfreiheit. Tausende, Millionen von Menschen hatten große Entbehrungen ertragen müssen – Armut, Hunger, Zerstörungen, Erniedrigungen … Den Siegern gab der Krieg die eigene Würde zurück. Aber die Zeit danach war streng stalinistisch geprägt – die Straflager waren voll mit Verurteilten aus den Jahren des Großen Terrors, mit Rückkehrern aus der Emigration, ukrainischen und baltischen Nationalisten, ehemaligen Kriegsgefangenen. Diese Generation, die von der Front heimgekehrten und vom Krieg zermarterten Sieger, sehnten sich nach einem glücklichen Leben. Sie hatten das besiegte Europa durchquert und gesehen, dass die Bevölkerung dort trotz aller Verwüstung sehr viel besser lebte als die Arbeiter und Bauern in Russland. Die Sieger wollten keine Erniedrigungen mehr ertragen. Sie waren noch nicht frei, erkannten aber ihre Unfreiheit und sehnten sich nach Freiheit.

Wie immer waren es die Künstler, die als Erste darüber nachdachten. Sie waren die freiesten Menschen der damaligen Zeit. Einige von ihnen waren ebenfalls aus dem Krieg zurückgekehrt – Alexander Solshenizyn, Lew Kopelew, Juli Daniel, Wadim Sidur, Ernst Neiswestny.

Viele dieser Künstler waren Einzelgänger, andere schlossen sich zu Gruppen zusammen. Zum Beispiel die Maler und Dichter der Lianosowo-Gruppe – Jewgeni Kropiwnizki, Oskar Rabin, Genrich Sapgir. Und da waren die Musiker – Maria Judina, Swjatoslaw Richter, Dmitri Schostakowitsch. Sie lebten so frei, wie es möglich und erlaubt war – und immer ein wenig darüber hinaus. Sie waren große Lehrer und zugleich Märtyrer des sowjetischen Lebens.

Es war die Zeit, in der wir uns ein kleines Stück Freiheit nahmen, indem wir Samisdat-Literatur lasen, verbotene Bücher. Sie gingen von Hand zu Hand, man bekam sie für einen Tag oder eine Nacht geliehen, musste sie schnell lesen und sofort weitergeben … Das Aufbewahren und Verbreiten dieser Literatur war illegal, dafür drohten Gefängnisstrafen. Aber wir gingen das Risiko ein, tippten die Manuskripte und Bücher ab, gaben sie weiter – auch das war eine Form von Freiheit. Niemand von uns wusste damals, was Freiheit eigentlich ist – die einen suchten sie in der Religion, andere in der Kunst, wieder andere wollten sich vor allem von der allgegenwärtigen Lüge befreien, von der Ideologie, die für alle Pflicht war. Der Widerstand äußerte sich auf verschiedene Weise, mal war er rein ideologisch, mal betraf er die materiellen Bedürfnisse, wie der Arbeiteraufstand von Nowotscherkassk oder die Aufstände in den Straflagern nach Stalins

Tod. Das Verlangen nach Freiheit war groß, die Formen der Freiheitssuche waren verschieden.

Die Sowjetmacht ist nicht zusammengebrochen, weil die Dissidenten sie gestürzt hätten. Selbst wenn sie es gewollt hätten, wären sie dazu nicht in der Lage gewesen. Die Sowjetmacht ist zu Ende gegangen, weil sie ihre Möglichkeiten ausgeschöpft hatte. Und die hitzigen Debatten der letzten Zeit, ob die Dissidenten schuld seien am Niedergang des ach so herrlichen Sowjetsystems, sind unsinnig. Die sozialistische Wirtschaft war gescheitert, obwohl sie sich lange am Wettlauf der Systeme beteiligt und diverse Losungen ausgegeben hatte – »wir machen uns die Natur untertan; wir werden den Kapitalismus einholen und überholen; wir lenken Flüsse um, erschließen ferne Planeten« …

1991 fiel dieses Gebäude zusammen wie ein Kartenhaus – niemand hatte es vorhergesehen, niemand hatte es erwartet. Kaum zu glauben – unsere Kinder werden nicht im Kommunismus leben? Sie werden in einem vom Kommunismus befreiten Land leben? Dabei war das Orwellsche Gespenst so fest im Bewusstsein seiner wenigen russischen Leser verankert! Die Macht der KPdSU war zerbrochen – auch das konnte niemand glauben!

Das war ein sehr wichtiger Moment für unser Land – die geschwächte KPdSU gab ihre Macht aus der Hand. Es war eine überaus sanfte Revolution – drei junge Männer kamen am Weißen Haus ums Leben. Keine dreihundert oder dreihunderttausend. In Russland zählt man die Opfer entweder gar nicht oder nur in Millionen.

1991 begann die Freiheit. Aber es gab keine freien Menschen. Oder nur wenige, zu wenige, um die Freiheit zu erhalten. Kaum jemand ahnte damals, dass es ohne freie Menschen keine Freiheit geben kann. Meine Freunde waren ganz euphorisch, versammelten sich auf dem Platz vorm Weißen Haus. Ich konnte das nicht, etwas in mir sträubte sich dagegen. »Ich bin erst dabei, wenn es eine politische Säuberung gegeben hat und die Kommunistische Partei verboten wurde«, sagte ich. Aber das passierte nicht. Im Gegenteil, es kam viel schlimmer – die Macht ging von der Partei über an den KGB, unterstützt von einem Volk, das eine »starke Hand« gewohnt war. Es war eine bedingt freie Wahl bedingt freier Menschen.

In den zehn Jahren danach lief ein seltenes, wenn auch nicht ganz neues Szenario ab, nämlich eine Art Doppelherrschaft: Neben der offiziellen Regierung gibt es die Geheimpolizei, die für die Regierung arbeitet. Diese Art der Gewaltenteilung geht unmittelbar auf Platon zurück.

Bitte sehen Sie es mir nach, dass ich Ihnen ein paar Thesen aus Platons Dialogen über den Staat ins Gedächtnis rufe. Platon zufolge gibt es in einem idealen Staat drei Bevölkerungsschichten – die Handwerker und Bauern (eine Arbeiterklasse gab es noch nicht), die Wächter (Krieger, die im Staat für Ordnung sorgen) und die Weisen und Philosophen, die den Staat regieren. Die Macht teilt sich somit in zwei Ebenen – eine höhere Machtebene in Gestalt der weisen Regierenden und eine niedere in Gestalt der Wächter. Diese Struktur findet sich bei allen Staaten, und Platon, der Erfinder des antiken Sozialismus, lieferte die theoretische Begründung dafür. In seinem Idealstaat sichern die Wächter die Stabilität der Gesellschaft, aber sie erhalten keinerlei Privilegien. Im Gegenteil, sie besitzen nicht einmal eigenen Wohnraum, leben in Kasernen, werden von der Bevölkerung ernährt (durch Steuern, die von den Handwerkern und Bauern erhoben werden). Die Selbstlosigkeit ihres Dienstes geht so weit, dass sie nicht nur unentgeltlich arbeiten, sie dürfen Gold und Silber nicht einmal berühren! Sie dürfen auch keine eigene Familie gründen, Frauen und Kinder gehören allen gemeinsam. Diese getreuen und durchtrainierten Männer sollten sein wie »… edle Hunde – von Natur aus gegen Hausgenossen und Bekannte so sanft wie nur möglich, gegen Unbekannte aber ganz das Gegenteil«.

Damit hatte der große Philosoph der Antike die Grundlagen für die Geheimpolizei gelegt, die in den verschiedensten Staaten und zu unterschiedlichsten Zeiten dafür zuständig war, innere und äußere Feinde aufzuspüren. Sie ist eine Kraft im Dienste der Herrschenden, die wiederum rein theoretisch weise Philosophen sein sollen. Es gibt also immer zwei Machtebenen – die »höhere, gesetzgebende«, und die »ausführende«, die »Ordnungshüter«. Die zweite Ebene untersteht der ersten, doch es gab in der Geschichte immer wieder Umstürze, in deren Folge die »Ordnungshüter« die Macht ergriffen und zur einzigen herrschenden Kraft im Staat wurden.

Die Philosophen, Weisen und Aristokraten scheiterten an einer selbsterrichteten Hürde. Platons Idealstaat war ein gerechter Staat. Alle Bürger sollten zu absoluter Ehrlichkeit erzogen, Lügen hart bestraft werden. Allerdings mit einer Ausnahme. Laut Platon müssen die Herrschenden häufig zu Lüge und Betrug greifen – zum Nutzen ihrer Untertanen. Die allgemeine Moral galt also nicht für die Regierenden. Ihnen war alles erlaubt, was dem Wohl des Staates diente. Diese Formel war die Grundlage dessen, was man später Politik nannte, und sie ermöglichte ein Rebellieren der Wächter gegen die Herrschenden. Es musste nur jemand behaupten, er wisse, was für den Staat gut sei, oder irgendwelche anderen Ziele verfolgen. Nicht in Platons Idealstaat, den es ja nie gegeben hat, sondern in unserer realen Welt. Selbstlos sind hier nur ein paar Heilige oder »Geisteskranke«. Und in unserem Land hat auch keine Rebellion stattgefunden, nein, der Präsident übergab die Macht still und leise in die Hand seines Nachfolgers, eines Vertreters der »Wächter«.

Wir sind recht weit vom eigentlichen Thema abgekommen – der Freiheit des Einzelnen, des Individuums ... Braucht es diese Freiheit überhaupt? Freiheit bedeutet Verantwortung. Verantwortung ist eine schwere Last. Bei weitem nicht alle Menschen sind bereit, Verantwortung für ihre Taten zu übernehmen. Die von Platon vorgeschlagene Struktur verweigert dem Einzelnen das Recht auf Freiheit. Der Staat weiß besser, wie jeder zu leben hat. Und die Menschen sind damit einverstanden – sie tauschen ihre Freiheit gegen staatliche Garantien. Schauen wir uns den Mechanismus genauer an, wie diese Abgabe der Freiheit an den Staat, der Verzicht auf einen eigenen Willen, die vollständige Unterordnung unter die Autorität des Vaters, des Chefs, des Staates, eines Führers funktioniert, also der mehr oder weniger freiwillige Verzicht auf die eigene Freiheit, die eigene Persönlichkeit.

Nikolai Berdjajew, ein bedeutender russischer Philosoph vom Anfang des 20. Jahrhunderts, schrieb: »Eine Persönlichkeit zu sein, frei zu sein ist keine leichte, sondern eine schwere Last, die der Mensch tragen muss. Ständig wird dem Menschen der Verzicht auf die eigene Persönlichkeit abverlangt, der Verzicht auf Freiheit, und man offeriert ihm dafür eine Erleichterung seines Lebens. Man verlangt von ihm, dass er sich der Determination der Gesellschaft und der Natur unterordnet. Darauf beruht die Tragik des Lebens.«

Die Geschichte des 20. Jahrhunderts kennt einige Beispiele, wie dieser Prozess der Entmenschlichung und des Persönlichkeitsverlusts durch perfide Methoden abläuft. Eine solche bis ins Detail ausgefeilte Methode, die Persönlichkeit eines Menschen zu zerstören, wurde in den Konzentrationslagern der Nationalsozialisten angewendet. Davon handelt das erschütternde Buch *Aufstand gegen die Masse. Die Chance des Individuums in der modernen Gesellschaft* des Wiener Psychologen Bruno Bettelheim, eines Juden, der zu jener Zeit im KZ war, als diese noch keine Todeslager waren, sondern den Nazis zur Erziehung von »Arbeitssklaven« dienten. Ich las dieses Buch in den siebziger Jahren, und es hat mich so stark beeindruckt wie kein anderes Buch zu diesem Thema. Bettelheim war 1938 und 1939 insgesamt elf Monate in Dachau und Buchenwald, er kam durch eine Amnestie aus Anlass von Hitlers Geburtstag wieder frei. Bettelheim überlebte diese elf Monate, indem er alles mit dem professionellen Blick des Psychologen beobachtete. In seinem Buch, das er zwanzig Jahre später schrieb (was an sich schon bemerkenswert ist), formuliert Bettelheim sechs Punkte, wie der Mensch sich nach und nach in ein Geschöpf ohne Persönlichkeit, Willen und Gefühle verwandelt. Da ich Bettelheims Beobachtungen für sehr wichtig halte, will ich sie hier im Einzelnen nennen:

1. Unsinnige Arbeiten. (Mit bloßen Händen Löcher graben, obwohl Geräte dafür vorhanden sind; Ausheben und anschließendes Zuschütten von Gruben.) Solche Arbeiten sind nicht nur unbefriedigend, sondern auch erniedrigend.
2. Die Pflicht, einander ausschließende Regeln zu befolgen. (Ein erschütterndes Beispiel: In der Baracke sind alle

Decken kariert und die Betten müssen so gemacht werden, dass auch das Gesamtbild ein Karomuster ergibt. Dafür stehen morgens zwanzig Minuten zur Verfügung, aber es ist praktisch unmöglich, eine solche geometrische Ausrichtung der Betten zu erreichen.) Für eine unerledigte Aufgabe kann man bestraft werden, was aber nicht immer geschieht, wodurch bei allen Beteiligten dieses spitzfindigen Spiels das Schuldgefühl entsteht, etwas nicht geschafft zu haben.

3. Das Prinzip der kollektiven Verantwortung. (Das Gefühl der persönlichen Verantwortung verschwimmt, alle beargwöhnen einander.)
4. Es wird suggeriert, vom einzelnen Gefangenen hänge nichts ab. (Die Geschichte mit den Tschechen: Sie waren zunächst privilegiert, dann schickte man sie zu den schwersten Arbeiten, anschließend wieder in einen günstigeren Teil des Lagers mit leichterer Arbeit. Die völlige Desorientierung führte dazu, dass diese Menschen als Erste starben.)
5. Der Zwang, vorzutäuschen, nichts zu hören und zu sehen. (»Untersteh dich, etwas zu bemerken.«)
6. Die Menschen zwingen, die letzte »rote Linie« zu überschreiten. (Wenn die Gefangenen zum Beispiel gezwungen wurden, sich gegenseitig ein Grab zu schaufeln.)

Diese grausamen Muster stimmen in einzelnen Details mit dem überein, was Warlam Schalamow in seinen Erzählungen über den GULAG schreibt. Einige meiner Landsleute sind empört, wenn Historiker oder Memoirenschreiber die faschistischen Konzentrationslager mit den Straflagern Stalins vergleichen, und meinen, unsere Lager wären besser gewesen. Ich will nicht beurteilen, welche schlimmer waren, aber es gibt einen grundsätzlichen Unterschied: Die Faschisten haben ihre Feinde vernichtet, in den stalinschen Lagern kamen Millionen unserer eigenen Landsleute ums Leben, die als »Volksfeinde« abgestempelt wurden – als Kulaken verurteilte Bauern, Priester, Intellektuelle und politische Gegner ... Ich kenne drei jüdische Autoren – die österreichischen Psychiater Bruno Bettelheim und Viktor Frankl und den Italiener Primo Levi –, die der Welt von den Lagern der Nazis erzählt haben. Zwei von ihnen haben die Schrecken der Lager zwar überlebt, am Ende aber Selbstmord begangen. Offenbar gibt es ein Wissen, mit dem man nicht weiterleben kann. Alle drei haben etwas gemeinsam – es gelang ihnen, unter unmenschlichen Bedingungen ihre Würde zu bewahren. Das ist also möglich. Und es bleibt die Hoffnung, dass solche Bücher und psychologischen Studien und das gesamte bereits vorhandene Wissen die Menschheit vielleicht vor einer Wiederholung solcher Tragödien bewahren können.

Das Problem der Entpersönlichung von Menschen ist allerdings nicht verschwunden, es hat nur neue Seiten bekommen. Die Masse ist wie ein großer Ameisenhaufen, in dem alle Individuen ihre eigene Freiheit und Persönlichkeit aufgeben, und zwar freiwillig, im Tausch gegen ein bequemes und abgesichertes Leben. Wer sich zu diesem Schritt entschließt, gibt auch jede Sinnsuche auf – er nimmt alles hin, denkt nicht mehr nach und vertraut blind den Autoritäten – den Lehrern, den Chefs, dem Staat.

Damit kommen wir zum Kern des Themas: Was geschieht mit einem Menschen, der freiwillig seine Freiheit an Autoritäten abgibt? Wie sind die Mechanismen dieser Unterwerfung, wo liegen ihre Wurzeln und wie kann man dieser Versuchung widerstehen?

In Russland erschien endlich mit großer Verspätung Stanley Milgrams Buch *Das Milgram-Experiment. Zur Gehorsamsbereitschaft gegenüber Autorität*. Ausgangspunkt für den Autor ist die anerkannte historische Tatsache, dass in der Zeit zwischen 1933 und 1945 Millionen unschuldiger Menschen aufgrund des Befehls eines einzelnen Psychopathen umgebracht wurden, dem es gelungen war, ein System der totalen Unterwerfung aufzubauen. Das System als solches aber existiert in mehr oder weniger ausgeprägter Form bis heute.

In den sechziger Jahren des vorigen Jahrhunderts führte Stanley Milgram eine Reihe psychologischer Experimente durch, die unsere Vorstellung von Moral und freiem Willen stark verändert haben. Das Experiment war raffiniert aufgebaut: Es gab jeweils zwei Gruppen – »Schüler« und »Lehrer«, wobei die »Lehrer« dachten, man würde die »Schüler« beobachten, diese aber wurden von Schauspielern gespielt. Die »Lehrer« sollten die »Schüler« mit elektrischen Schocks bestrafen, wenn sie eine der Gedächtnisaufgaben nicht richtig lösten, wobei für jeden weiteren Fehler die Schockstärke schrittweise erhöht wurde – beginnend bei 15 Volt und endend bei 450 Volt. In Wahrheit gab es keinerlei Stromschläge, der »Lehrer« betätigte nur den entsprechenden Kippschalter und hörte zunächst das Stöhnen, dann das Schreien und schließlich das Flehen der »Schüler«, das Experiment abzubrechen. Ziel des Experiments war es, herauszufinden, wie weit die »Lehrer« gehen und sich der Autorität des Versuchsleiters unterwerfen würden, bevor in ihnen ein moralisches Unbehagen aufkäme, weil sie den »Schülern« Schmerzen zufügten. Oder ob sie vielleicht gar kein Unbehagen empfinden würden. Im Grunde ging es um die moralische Grenze von Gehorsam.

In diesem Zusammenhang muss ich an eine eigene Erfahrung denken: Ich war achtzehn, wollte Biologin werden, hatte aber die Aufnahmeprüfung an der Universität nicht bestanden und begann als Assistentin in einem wissenschaftlichen Labor zu arbeiten. Als ich am ersten Tag schüchtern den Raum betrat, stand meine spätere Betreuerin an einem Labortisch, vor ihr eine Petrischale und ein Brett, auf dem sie Rattenbabys die Köpfe abschnitt. Sie waren rosafarben, blind, nackt, ohne Fell.

Meine Betreuerin gab mir eine Schere und sagte: »Na, versuch mal, schaffst du das?«

Ich sollte eine kleine Ratte in die Hand nehmen, meinen Ekel überwinden, das Köpfchen abschneiden – und würde damit in mir selbst ein Organ abschneiden, das ich nicht benennen konnte. Ich hielt den Atem an, nahm alle Kraft zusammen und schnitt den Kopf ab. Ich würde bleiben dürfen! Diese Episode habe ich in meinem Roman *Reise in den siebenten Himmel* beschrieben. Darin geht es unter anderem auch um die Ethik der Medizin. Und um ein zweites wichtiges Thema – Abtreibung. In jenem Moment damals musste ich eine Entscheidung treffen. Ich schnitt den Kopf eines Rattenbabys ab und wiederholte dies zwei Jahre lang immer wieder. Ich war hoch motiviert, denn wir taten es für die Forschung, wir untersuchten den Hydrocephalus. Wir töteten die Ratten, um die Wirkmechanismen dieser Krankheit zu verstehen und sie dann bei Kleinkindern heilen zu können. Nicht ohne Grund steht in Koltuschi, wo Pawlow sein Labor hatte, ein Denkmal für einen Hund. Tausende Hunde wurden für Pawlows Experimente getötet. Was tat man nicht alles für den wissenschaftlichen Fortschritt! Wir wissen nicht, was Joseph Mengele dachte, als er in Auschwitz die schrecklichen Experimente an Häftlingen durchführte. Bei einem seiner Experimente wollte er herausfinden, bis zu welcher Temperatur der Mensch überleben kann …

Zurück zu Milgram. Er baute seine Experimente weiter aus, veränderte die Orte, ein paar Bedingungen und Details. Er wollte herausfinden, warum die Teilnehmer unter dem Einfluss einer Autorität – in dem Fall des Versuchsleiters – zu Grausamkeiten fähig sind, die sie in ihrem normalen Leben nie begehen würden. Wie viel Leid sind Menschen imstande, anderen, völlig unschuldigen Menschen zuzufügen, wenn dies zu ihren Pflichten gehört?

Ein paar Tage vor Beginn des Experiments bat Milgram seine Arbeitskollegen, ebenfalls Psychiater und Psychologen, eine Prognose abzugeben, wie viele »Lehrer« trotz des Flehens der »Schüler«, das Experiment abzubrechen, die Schockstärke so lange erhöhen würden, bis der Versuchsleiter einschritt. Die Psychologen tippten auf ein bis zwei Prozent der Teilnehmer. Die Psychiater glaubten, nur einer von Tausend würde bis zur maximalen Stärke erhöhen.

Die Resultate verblüfften alle Beteiligten, sogar Milgram selbst. Entgegen allen Annahmen folgten die Versuchspersonen mehrheitlich den Anweisungen des leitenden Wissenschaftlers und bestraften die »Schüler« selbst dann noch mit Elektroschocks, wenn diese schon keinen Laut mehr von sich gaben und man annehmen musste, dass sie das Bewusstsein verloren hatten. Milgrams Experiment zeigte, dass die meisten Versuchspersonen (»Lehrer«) nicht fähig waren, Widerstand zu leisten gegen ihren »Chef«. In diesem Fall war es ein Wissenschaftler im weißen Kittel, der ihnen befahl, ihre

Aufgabe auch dann zu erfüllen, wenn sie anderen Menschen starke Schmerzen zufügten. Es erwies sich also, dass der Zwang, sich einer Autorität zu unterwerfen, im Bewusstsein der Menschen so fest verankert ist, dass sie Befehle ausführen, auch wenn sie selbst moralische Bedenken haben und einen starken Gewissenskonflikt empfinden. Tatsächlich fühlten sich viele Versuchspersonen sehr gestresst von den Schreien der »Schüler« und ihrem Flehen, das Experiment zu beenden, aber sie waren nicht imstande, sich zu widersetzen.

Milgram schloss aus seiner Studie, wie ausgeprägt die Gehorsamsbereitschaft normaler Erwachsener ist und wie weit sie reicht. Autoritäten üben auf uns einen enormen Druck aus, sie kontrollieren unsere Handlungen. Umso leichter versteht man, dass Regierungen in der Lage sind, sich ihre Bürger gefügig zu machen.

Milgrams Experiment lässt sich in gewisser Weise auf die Situation eines Achtzehnjährigen übertragen, der zum Militärdienst einberufen wird. Milgram selbst führte eine Reihe von Interviews mit amerikanischen Soldaten durch, die im Vietnam-Krieg und in anderen Militäreinsätzen waren. Ich möchte mit dem Vergleich den universellen Charakter dieses Verhaltens unterstreichen. Vom Moment der Einberufung an stellt sich bei den Betroffenen ein gewisser Gehorsamkeitsmechanismus ein. Der Fahneneid hat dabei eine ähnliche Funktion wie in den frühen Kulturen die Initiation, mit der Jugendliche symbolisch in die Reihen der Krieger aufgenommen wurden.

Die Isolation in der Kaserne unterbindet jede Kommunikation mit anderen konkurrierenden Autoritäten – den Eltern, dem Priester, den Lehrern. Die einzige anwesende und damit wichtigste Autorität ist nun der Offizier. Das Exerzieren, das Marschieren in Reih und Glied, die Kolonnen, die sich wie Automaten bewegen, die gemeinsame Aufgabe, den Feind zu vernichten – all das suggeriert ein starkes Zugehörigkeitsgefühl und lässt alles »Persönliche« im »Gemeinschaftlichen« aufgehen. Der Gehorsam ist im Bewusstsein fest verankert, er entbindet von inneren Konflikten. Dem Soldaten wird gesagt, er töte für eine gerechte Sache, alle anderen moralischen Werte seien außer Kraft gesetzt.

Zur Erinnerung – ich gebe wieder, was in dem Buch eines Amerikaners steht, das in den siebziger Jahren des vorigen Jahrhunderts geschrieben wurde. Im Krieg tun normale Menschen Dinge, verglichen mit denen die »Lehrer« im Milgram-Experiment als wahre Engel erscheinen. Und Kriege enden nie, weil die Soldaten alles durchschauen und nicht weiterkämpfen, sie enden, weil die Staaten ihre Politik ändern. Menschen, die am massenhaften Töten anderer Menschen beteiligt waren, kehren danach ins friedliche Leben zurück. Die Offiziere sind jetzt keine Autoritäten mehr, aber die meisten demobilisierten Soldaten suchen sich im zivilen Leben neue Autoritäten, die ihnen die Verantwortung für ihr Handeln abnehmen. »Es ist bittere Ironie«, schreibt Milgram in seinem Buch, »dass die Tugenden der Loyalität, der Disziplin und der Selbstaufopferung, die wir am Einzelnen so hoch schätzen, genau die Eigenschaften sind, die eine organisierte Kriegs- und Vernichtungsmaschinerie schaffen und Menschen an bösartige Autoritätssysteme binden.«

Jeder von uns ist in seinem Leben immer wieder damit konfrontiert: Eine Autorität sagt das eine, das eigene Gewissen etwas anderes. Die Freiheit eines Menschen aber beginnt genau dort, wo er Verantwortung übernimmt und Probleme löst, indem er seine eigenen Vorstellungen entwickelt und nicht das übernimmt, was ihm irgendwelche Autoritäten suggerieren. Eigene Vorstellungen zu entwickeln ist eine Anstrengung, die das ganze Leben lang andauert, denn sie beruht auf umfangreichem Wissen und der Aneignung menschlicher Kultur. Aber durch genau diese Anstrengung werden wir zu freien Menschen.

2016

ÜBER DAS CHRISTENTUM

Am Ende einer jahrelangen intensiven Suche, nach der Lektüre unzähliger Bücher und nach diversen Irrwegen habe ich mich nun endgültig von allen offiziellen Religionsformen gelöst. Während meiner Jugend – einer äußerst bedrückenden und eintönigen Zeit – entstand in mir das Bedürfnis nach einer vertikalen Dimension. Vielen von uns fehlte etwas im Leben, es erschien uns zu zweidimensional. Heute, ein halbes Jahrhundert später, weiß ich, dass eine Ausrichtung auf die Vertikale von jedem beliebigen Punkt aus beginnen kann. Alle Menschen, die einen solchen Schritt getan haben, sind sich einig: Es gibt eine höhere Kraft, man kann sie verschieden benennen, doch ihre Natur ist von unserem Bewusstsein nicht zu erfassen. Aber die Suche nach ihrer Anwesenheit, nach ihren Erscheinungsformen ist ein Wesenszug unseres Bewusstseins.

Meine Suche führte mich zunächst zu den Anthroposophen. Zu meinem Mentor wurde der ehemalige Frontsoldat Sergej Sewerzew, Übersetzer und Lyrikkenner. Er selbst war auf »direktem Weg« zur Anthroposophie gekommen, zwar nicht durch Rudolf Steiner persönlich, aber durch Menschen, die mit Steiner bekannt waren. Genauer gesagt durch Maximilian Woloschin, der wiederum mit Sergejs Vater, dem Maler Leonid Feinberg, befreundet war. Sergejs gesamte Familie war mit Talenten reich gesegnet: Die Frau seines Vaters war eine bekannte Japanisch-Übersetzerin, sein Onkel war Professor am Moskauer Konservatorium und ein begnadeter

Pianist, der heute leider fast vergessen ist. Sergejs Schwester Sofia Prokofjewa ist die einzige noch Lebende dieser Generation. Ihr Sohn, Sergej Prokofjew, ein Enkel und Namensvetter des berühmten Komponisten, ist vor ein paar Jahren gestorben. Er spielte eine wichtige Rolle in der anthroposophischen Bewegung. Er lebte und arbeitete in Dornach im Goetheanum, jenem Zentrum in der Schweiz, das noch von Steiner selbst in den zwanziger Jahren des vorigen Jahrhunderts aufgebaut worden war.

Sergej Sewerzew führte ein Doppelleben: Offiziell war er Mitglied des sowjetischen Schriftstellerverbands, zugleich war er Anthroposoph, was zu Sowjetzeiten verboten war. Alles »Nichtsowjetische« galt ja als »antisowjetisch«. Ich las damals so viel wie möglich Samisdat-Literatur, und Sergej gab mir die Bücher von Rudolf Steiner. Die Übersetzungen waren grauenvoll, aber den Inhalt fand ich ungeheuer interessant. Mindestens ein Jahr lang kämpfte ich mich heroisch durch die komplizierten Texte, und als ich fertig war, wurde mir als kostbarer und geheimer Schatz ein Bildband gezeigt vom ersten Goetheanum, an dessen Entstehung Maximilian Woloschin und Andrej Bely beteiligt waren. Ein Bau, bei dem die Ästhetik ihre Schwester Ethik getötet hat wie Kain seinen Bruder Abel. Die künstlerische Umsetzung von Steiners Ideen machte auf mich einen so abstoßenden Eindruck, dass ich mich für immer von der Anthroposophie verabschiedete. Die Fotografien in dem Bildband zeigten allerdings den ersten Anthroposophen-Tempel, der bald nach Fertigstellung abbrannte. Der zweite, später gebaute, hätte in mir vielleicht weniger Protest ausgelöst.

Heute, in einer völlig veränderten Welt, sehe ich meine naive und verbissene Suche von damals mit anderen Augen und voller Mitgefühl. Die immer intensivere Begegnung von Orient und Okzident bringt jetzt ganz neue Früchte hervor, verändert unser Bewusstsein – der rationale Westen und der mystische Osten bewegen sich aufeinander zu, Wissenschaft und Religion tasten sich gegenseitig ab und beeinflussen sich auf neue, spannende Weise. Die Wahrheit, um die sich die Menschheit bemüht wie um einen Zündfunken, liegt heute nicht mehr in einem wie immer gearteten Resultat, es geht vor allem um die Suche selbst. So scheint es mir zumindest. Die Menschen sind insgesamt aufgeschlossener und weniger dogmatisch.

Das Schöne an meiner ganzen Gottessuche war, dass ich Steiners *Fünftes Evangelium* vor den eigentlichen vier Evangelien gelesen hatte. Nach deren Lektüre setzte ich meine Suche übergangslos im Christentum fort. Wobei die Anthroposophen nie Konflikte mit dem Christentum hatten, doch von den Christen wurden sie verdammt und als gefährliche Ketzer angesehen. Alle Anthroposophen, an die ich mich erinnere, ließen sich irgendwann taufen.

Zum Christentum führte mich vor allem Vater Alexander Men. Er war klug, begabt, talentiert, vielleicht sogar genial, und strahlte ein helles Licht aus. Und er besaß einen außergewöhnlichen Charme. Es gab einige solcher »Lichtgestalten« in meinem Leben. Ich bin dem Schicksal unendlich dankbar, dass ich so besondere, großartige, wunderbare Menschen kennenlernen durfte.

Getauft hat mich Vater Nikolai Eschliman, ein gebürtiger Schweizer, der zunächst Musiker und Maler war und erst später Priester wurde. Er war es nicht lange, man suspendierte ihn schon bald wegen seiner oppositionellen Haltung gegenüber der Kirche. Vater Alexander schickte mich zu ihm nach Hause, in die Stadt Chimki. Offenbar wollte er Eschliman das Gefühl geben, noch immer Priester zu sein. Das ist die einzige Erklärung, die ich dafür finden kann.

Eschliman wohnte in einer alten Datscha, in der Nachbarschaft lebten noch weitere Menschen mit einem ähnlichen Schicksal – Lina Prokofjewa, die erste Frau des Komponisten, die man damals noch immer nicht in ihre spanische Heimat ausreisen ließ, das Künstlerehepaar Nina und Dmitri Shilinski … Es war wie eine wundersame Insel inmitten von Kolchosfeldern. Auf dem Grundstück der Eschlimans weidete ein alter Schimmel, den sie dem Kolchos abgekauft hatten, weil er geschlachtet werden sollte. Ein schönes Erinnerungsbild …

Zu Eschliman begleiteten mich meine angehenden Taufpaten – Olga Nikitina und Pawel Men, der jüngere Bruder von Vater Alexander.

Nikolai Eschliman wirkte missgelaunt und unzugänglich. Zunächst gab es ein Gespräch. »Glaubst du an Gott?«, fragte er streng. Ich antwortete ehrlich: »Ich möchte gern glauben.« Darauf sagte er: »Wenn du richtig ja sagen kannst, dann taufe ich dich.«

Wir gingen Tee trinken. Aus dem Samowar. Und als wir fertig waren, sagte er: »Na komm, ich taufe dich.« Und er taufte mich in einem Schuppen neben seinem Haus.

Das war 1968 oder 1969.

Die Kirche empfand ich als schwierigen Ort. Meine ausgiebige Lektüre christlicher Bücher war eher hinderlich als hilfreich. Aber bald lernte ich einen Kreis von Christen kennen, durch den ich einen Zugang zum Christentum fand. Nicht das Evangelium hatte ihn mir ermöglicht, keines der dogmatischen Regelwerke, sondern lebendige Menschen, gläubige

Christen. Es gab sie und es gibt sie auch weiterhin, allerdings nur wenige. Sie sind die »Rosinen im Brötchen«, wobei man die Brötchen selbst längst wegwerfen kann. Ich befreundete mich damals mit Jelena Jakowlewna Wedernikowa, einer ehemaligen Emigrantin. Ich werde es nicht mehr schaffen, über sie und den kleinen Kreis von russischen Christen, die nach dem Krieg aus Frankreich zurückkehrten, einen Roman zu schreiben, dabei wäre es ein grandioser Stoff!

Jelena Jakowlewna machte mich mit einem Priester aus Frankreich bekannt, Vater Andrej Sergijenko – ebenfalls ein »Rückkehrer«. Nach langem Umherziehen in Russland und moderaten Verfolgungen – er war zum Glück nie inhaftiert worden – lebte er nun in Alexandrow, hinter dem Kilometer 101. Er lehrte im Dreifaltigkeitskloster in Sagorsk Dogmatik, und in seiner kleinen Hauskirche veranstaltete er heimlich Gottesdienste. Daran nahmen jeweils höchstens zehn Personen teil. Den Chor leitete Tassja, ebenfalls eine Rückkehrerin, aus Holland, wir anderen sangen mit, so gut wir konnten. Ich darf also behaupten, in einem Kirchenchor gesungen zu haben, und zwar in einer Untergrundkirche.

Die Gemeinde erinnerte an die Urchristen, zumindest so, wie ich sie verstehe. Die damalige Zeit, das besondere Milieu – all das wäre Stoff für einen großen Roman, der noch geschrieben werden muss. Wladimir Kormer hat es versucht. Sein Roman *Das Erbe* ist sicher gut, aber ich weiß aus eigener Erfahrung, wie gefährlich es sein kann, noch lebende Personen zu literarischen Figuren zu machen. Es muss viel Zeit vergehen, um eine eventuelle direkte »Identifizierung« zu vermeiden. Wir wissen nicht, wer das Mädchen war, das Tolstoi als Vorlage für Natascha Rostowa in *Krieg und Frieden* diente. Und selbst wenn wir es wüssten, schützt der zeitliche

Abstand davor, jemanden zu verletzen. Meine Bedenken gegenüber dem Roman von Kormer gehen in genau diese Richtung. Es gibt einen weiteren Roman zum gleichen Thema, sogar mit den gleichen Figuren, geschrieben von Felix Swetow. Ich will das Buch nicht beurteilen, denn ich mochte Felix sehr und bin mit seiner Tochter und den Enkeln noch immer befreundet. Felix und seine Frau Soja Krachmalnikowa mussten für ihre mutigen Äußerungen bezahlen – beide wurden 1985 inhaftiert und verurteilt. Jetzt, da ich über sie schreibe, erfasst mich eine große Sehnsucht nach diesen lieben Menschen – sie waren von unterschiedlicher Begabung, unterschiedlich sympathisch, aber sie waren mir sehr nah und vertraut.

Nach dem Tod von Vater Andrej und dem Ende unserer Untergrundgemeinde fuhr ich häufig nach Puschkino zu Vater Alexander Men. Dann aber wurde unser enger Freund Sascha Borissow zum Priester geweiht, und ich besuchte viele Jahre lang seine Gottesdienste. Zu Beginn seiner Priesterzeit gab es in seinem Umfeld einige Anhänger der Pfingstbewegung. Auch dort sah ich mich um. Sie beteten so inbrünstig, dass einem schwindlig werden konnte. Nie zuvor oder danach habe ich so leidenschaftlich betende Menschen gesehen. Dabei wurde jedes Mal das Pfingstritual zelebriert, mit Feuerzungen und Ausgießung des Heiligen Geistes. Feuerzungen sah ich keine, wahrscheinlich waren meine Augen zu schlecht. Aber ich erlebte das »Zungenreden« und hörte, wie ein eher schlicht aussehender Mann hinter mir Latein sprach … Kurz, es war sehr aufwühlend und fesselnd.

In der russisch-orthodoxen Kirche, die ihrem Wesen nach ziemlich antisemitisch ist, haben es Juden nicht leicht. Dabei gibt es eigentlich ein unumstößliches Gesetz: Entweder bist du Christ, oder du bist Antisemit. Beides kann ein Mensch nicht in sich vereinen. Nie und nimmer. Der Antisemitismus in der russisch-orthodoxen Kirche wurde auch für Vater Alexander Men zum Verhängnis. Seine Ermordung am 9. September 1990, deren Aufklärung nur sehr halbherzig betrieben wurde, war eindeutig das Werk von Auftragskillern. Aber ich bin überzeugt, dass unser geliebter Freund Alexander in die Reihe der Heiligen aufgenommen wurde – sein Märtyrertod fiel genau auf den Gedenktag der Enthauptung des heiligen Johannes des Täufers.

Das Christentum als Glaubensrichtung genügt mir in vieler Hinsicht nicht mehr. Es ist sehr lange her, dass ich das Christentum für den Schlüssel hielt, mit dem sich alle Türen öffnen lassen. Nein, es lassen sich nicht alle öffnen. Bei weitem nicht alle. Aber vielleicht gibt es einen solchen Universalschlüssel auch gar nicht. Ich kann mich vom Christentum nicht endgültig lösen, weil ich jenen Christen nah sein will, die ich geliebt habe und die bereits gestorben sind – Andrej Sergijenko, Jelena Wedernikowa, Alexander Men … Der Tisch mit den zwölf Menschen darum und noch weiteren zwölf Tausend oder zwölf Millionen, wie viele es auch immer sein mögen, dieser Tisch bleibt für mich das schönste Symbol. Auf einigen Gemälden wird unter dem Tisch des »Letzten Abendmahls« ein kleiner Hund dargestellt, der alles aufsammelt, was vom Tisch fällt. Ich lächle, wenn ich solche Darstellungen sehe, denn genau das ist mein Platz.

Das sage ich jetzt, da ich selbst alt werde und in gewisser Hinsicht jenen näherkomme, die bereits gegangen sind. Ich habe neben ihnen beim Gottesdienst gestanden, doch mit den Jahren fiel es mir immer schwerer, mich an diesen Tisch zu setzen. Wahrscheinlich begann meine Abnabelung vom Christentum mit dem Tod von Alexander Men.

In seinen Predigten gab es keine Rückkehr vom Christentum zum Judaismus, aber er zeigte auf, wie eng diese beiden religiösen Strömungen miteinander verknüpft sind, wie das Christentum aus dem Judaismus hervorgegangen ist, wie viel es von dort entnommen hat und worin sich beide unterscheiden … In meinem Regal lag übrigens stets die alte zerlesene Tora meines Urgroßvaters. Und sie liegt noch heute dort. Ich kann mich erinnern, wie er in seinem Tallit betete und ich, ein kleines Mädchen, unter dem Tisch saß und an den Troddeln des Tallit, des Gebetsumhangs, zog …

Ich bin nicht zum jüdischen Glauben übergetreten, aber ich habe ein Buch geschrieben – *Daniel Stein*. Dieses Buch spiegelt meine eigene Glaubenskrise wider. Meine Weltanschauung war damals zusammengebrochen, und diese Krise, dieser Zusammenbruch, bescherte mir eine ungeheure Freiheit. Ich suche nicht mehr danach, wohin ich mein Haupt wenden soll, und dafür bin ich meinem Protagonisten Daniel Rufeisen sehr dankbar. Während der Arbeit an diesem Roman kam ich zu einer schlichten und sehr wesentlichen Erkenntnis, die ich eigentlich schon längst gewonnen hatte, die mir aber erst in diesem Zusammenhang endgültig bewusst wurde: Es ist vollkommen egal, woran du glaubst und wie intensiv, wichtig ist nur, wie du lebst, was du tust bzw. nicht tust.

Es gibt noch einen weiteren sehr wichtigen Umstand in meinem Leben: Mein Mann Andrej befasst sich schon seit mehr als zehn Jahren mit den östlichen Religionen. Sein Hang zum Buddhismus, zum Zen-Buddhismus, wurde auch für mich sehr wichtig. Wobei es auch hier weniger um den Glauben geht als vielmehr um die Lebensweise.

Im Christentum spielt das Gebet eine wichtige Rolle. Ich habe viel darüber gelesen, das Wichtigste sicher in dem Buch

Schule des Gebets von Metropolit Anthony von Sourozh (Andrej Blum). Ich kenne die Gebetspraxis ganz gut. Doch irgendwann wurden die Gebetstexte zu bloßen Formeln, sie berührten mich nicht mehr. Geblieben aber ist ein Zustand der Freude und Dankbarkeit – und dieser Zustand verlässt mich in den letzten Jahren nur selten. Ein Glücksgefühl, das dem Dasein als solchem gilt und das ich in meiner Jugend nicht kannte. Ich blicke jetzt durchaus anerkennend auf mich selbst als junge Frau zurück – was habe ich auf meiner Glaubenssuche nicht alles gelesen! Die Kirchenväter, alle möglichen esoterischen Bücher, religionsphilosophische Literatur, Bibelkunde. Eigentlich alles, was man auf Russisch bekommen konnte. Wie sich herausstellt, hätte ich das alles gar nicht so intensiv »durcharbeiten« müssen. Aber vielleicht wäre dieses tiefe Gefühl der Dankbarkeit gar nicht in mir entstanden ohne den »christlichen Drill«, den ich so viele Jahre mitgemacht habe.

Meine Dankbarkeit gilt all jenen, in deren Kreis ich meine Jugend, mein Erwachsenenleben und mein Alter verbrachte, allen, die jetzt an meiner Seite sind, meinen Kindern und Enkeln, dem schönen Wetter und dem Regen, den beiden Olivenbäumen und dem Zitronenbaum, auf die ich gerade blicke, dem Horizont und dem wunderschönen Muster aus sich kreuzenden Kondensstreifen am klaren italienischen Himmel.

2017

DIE KRISE DER SOZIALEN MYTHEN

Die Menschheit durchlebt gegenwärtig eine umfassende Krise, die auch unser Bewusstsein betrifft. Es gibt unzählige Weltuntergangsszenarien, nicht nur von ungebildeten Hysterikern verschiedener religiöser Strömungen, sondern auch von ernst zu nehmenden Wissenschaftlern. Die Finanzkrise, über die weltweit alle Zeitungen berichteten, war nur die Spitze des Eisbergs einer globalen Katastrophe, die seit mehr als einem halben Jahrhundert heraufbeschworen, andererseits aber komplett ignoriert wird. Für ein wesentliches Merkmal unserer Zeit halte ich die unvorhersehbare Veränderung sämtlicher Parameter unseres Lebens, bis hin zur biologischen Natur des Menschen, an der wir plötzlich ganz neue Seiten entdecken. Grundlegende Gewissheiten, auf die sich unser Bewusstsein stützte, bekommen Risse, und es offenbaren sich Grenzen, jenseits derer diese Gewissheiten außer Kraft sind. Die Existenz des Homo sapiens, den wir immer für das höchstentwickelte Lebewesen auf Erden hielten, steht auf dem Spiel. Unsere Fähigkeit, zu reflektieren und uns selbst zu erkennen, das Sicherheitsgefühl, das wir durch die Stabilität unseres Lebensraums, unseres Planeten haben konnten – all das wird aus verschiedenen Gründen in Frage gestellt, denn die Ressourcen an Wasser und Luft, an Nahrungsmitteln und Rohstoffen erweisen sich als endlich.

Die Macht des Menschen über die Natur ist eine Illusion. Allein durch ihre Lebensweise gefährdet die Menschheit inzwischen die Existenz der Erde. Die Folgen unseres Handelns sind unumkehrbar, auch der wissenschaftlich-technische Fortschritt kann den Schaden, der unserem Planeten zugefügt wurde, nicht reparieren. Die Konsumgesellschaft hat unseren Planeten schon zu großen Teilen »verkonsumiert«.

Unlängst erschien ein Buch des bekannten englischen Astronomen Martin Rees. Er ist zweifellos einer der kompetentesten Wissenschaftler auf seinem Gebiet und hat durch seinen Forschungsgegenstand einen besonderen Blick auf die Welt, er ist fähig, Milliarden Kalenderjahre und Milliarden Lichtjahre zu betrachten und sowohl Anfang als auch Ende des Weltalls zu erfassen. Hier zeigt sich die Größe unseres Schöpfers, der den Menschen nach seinem Abbild geschaffen hat. Aber Martin Rees sieht das vermutlich anders.

Die Chancen, dass die Menschheit bis zum 22. Jahrhundert überlebt, liegen laut Martin Rees bei fünfzig Prozent.

Andere Astronomen widersprechen ihm – die Optimisten denken, dass der Vorhang erst in acht Milliarden Jahren fallen wird. An dieser Prognose habe ich persönlich noch größere Zweifel.

Auf jeden Fall stehen wir vor einem ernsten Problem, denn die Menschheit hat ihr Leben auf der Erde sehr schlecht eingerichtet. Auf der einen Seite gibt es Armut, Epidemien, Hunger, auf der anderen Seite eine Überproduktion an Lebensmitteln und Konsumgütern, unvorstellbaren, geradezu unmoralischen Reichtum und Luxus. Es werden sinnlose Kriege geführt, und es gibt anarchische Gewalt. Wir haben eine hochentwickelte Wissenschaft und zugleich sind fast fünfzig Prozent der Weltbevölkerung Analphabeten.

Hinter alldem steckt eine Krise unseres Denkens und jener mythologischen Systeme, die wir selbst geschaffen haben. Aus dieser Tatsache ergibt sich eine weitere, der wir nicht ausweichen können – das Scheitern aller Mythen, der »alten« ebenso wie der »neuen«. Das betrifft vor allem die sozialen und die politischen Mythen. Die Vorstellung von einem binären Gegensatz der Gesellschaftssysteme hat sich als zu eng erwiesen. Die beiden grundlegenden sozialen Paradigmen – Kapitalismus und Kommunismus – gibt es in Reinform heute weder in der Realität noch in der Theorie. Sie existieren nur noch als Schattentheater. Umso notwendiger ist es, sich von den ideologischen Schablonen der Vergangenheit zu befreien.

Die Frage, ob Russland einen besonderen Weg gehen muss, hat sich ebenso überlebt wie die zur Losung verkommene Gedichtzeile von Fjodor Tjutschew »Verstehen kann man Russland nicht«. Staaten wie China, Indien oder die skandinavischen Länder gehen ihren jeweils eigenen Weg, doch sich eitel mit einem »besonderen Weg« zu brüsten ist angesichts des katastrophalen Zustands unseres Planeten und zunehmender Zweifel an seiner Überlebensfähigkeit sinnlos und unproduktiv.

Ganz besonders sinnlos erscheint es mir, über den Mythos eines Führers wie Josef Stalin zu debattieren: Die Bewertung seiner politischen Rolle und seiner Persönlichkeit ist nur noch von rein akademischem Interesse. Der Preis von einem Barrel Öl oder von Getreide und Reis ist heute viel entscheidender als die Frage, ob Stalin das größte Genie aller Zeiten war oder ein Verbrecher, ein erfolgreicher Manager oder ein Krimineller. Das Gleiche gilt für alle anderen »Führer« der Menschheitsgeschichte.

Eine tektonische Verschiebung hat stattgefunden: Die Vergangenheit wurde von der Gegenwart abgetrennt. Eine

Zukunft scheint es nicht mehr zu geben. Insofern ist es müßig, sich über Stalin zu streiten oder darüber, ob die Welt in Zukunft bipolar sein wird oder multipolar, kapitalistisch oder sozialistisch, demokratisch oder totalitär. In der gegenwärtigen Situation sollte man sich besser vom Prinzip des »unbeschriebenen Blattes« leiten lassen. Alte Erfahrungen sind unter den neuen Umständen nicht mehr unbedingt zu gebrauchen. Die Menschheit wächst, die Erde wird kleiner, es verringern sich die Reserven an Wasser und Luft, die Gesamtmenge an Chlorophyll nimmt ab, radioaktive und chemische Abfälle dagegen nehmen zu.

Worüber wollten wir sprechen? Über den besonderen Weg Russlands? Über die feinen Unterschiede zwischen Okzident und Orient? Über eurasische Aspekte? Über die Rolle der Persönlichkeit in der Geschichte? Zu spät. Heute muss man vor allem darüber reden, dass wir ohne eine dramatische Veränderung unseres Denkens aussterben werden – mit all diesen überflüssigen Fragen auf der Zunge. Wir werden alle sterben – Schwarze wie Weiße, Moslems und Hindus, Arme und Reiche, Hetero- und Homosexuelle, die Falken und die Tauben, Rechte und Linke, und »Wenn Fluten überm Land zusammenschlagen, wird Gottes Antlitz dort zu sehen sein«.*

Krisen haben auch etwas Reinigendes. Im Verlauf einer Krise werden alle Axiome und Regeln überprüft, alle Gesetze und Schemata, Stereotypen und Schablonen, die in unserem Denken verankert sind. Das betrifft in erster Linie die ideologischen Denkmuster. In unserer heutigen, völlig veränderten Welt findet eine zwangsläufige Neubewertung des Materials statt, das unser Bewusstsein geformt hat und zu-

* Fjodor Tjutschew, Der letzte Kataklysmus, deutsch von Vera Jahnke.

gleich ein Bestandteil unseres Bewusstseins geworden ist. Die Menschheit wird nicht überleben, wenn nicht eine Revolution des Denkens stattfindet, wenn unser Bewusstsein nicht ein höheres Niveau erreicht und alle alten Mythen über Bord wirft, wenn es sich nicht befreit von nationalen und kollektiven »Egoismen«, wenn die Menschheit nicht lernt, das Leben als höchstes Gut zu begreifen und es viel umfassender zu sehen, indem sie Tiere und Pflanzen mit einbezieht und der eigenen hochentwickelten biologischen Spezies nicht das Recht einräumt, alle anderen zu konsumieren.

Die Idee, dass Konsum die Basis unserer Existenz sei, muss überdacht werden, wie generell das ganze Modell der Konsumgesellschaft. In dieser Hinsicht hat es im Laufe unserer Entwicklung eine ungeheure Verzerrung gegeben: Dass aus dem vernunftbegabten Wesen Mensch ein Konsument wurde, hat den gesamten Planeten in eine katastrophale Situation gebracht.

Ich weiß nicht, welche Mechanismen nötig sind, um ein Umdenken und eine Erneuerung des Bewusstseins in Gang zu setzen. In jedem Fall aber muss das Alte über Bord geworfen werden und etwas Neues beginnen, die ideologischen Konflikte der Vergangenheit müssen beendet und fundamentale Überlebensstrategien entwickelt werden.

Wichtige und konstruktive Impulse sind in dieser Hinsicht nicht von Ideologen zu erwarten, sondern viel eher von Sozialwissenschaftlern und Anthropologen, die den Zustand unserer Gesellschaft untersuchen und sich aus ideologischen Debatten heraushalten. Sie verfügen über die wissenschaftlichen Methoden, um das gegenwärtige gesellschaftliche und individuelle Bewusstsein zu analysieren. Und sie sind es, die Veränderungen in der Gesellschaft als Erste wahrnehmen und festhalten. Daher sind in erster Linie von diesen Wissenschaftlern neue Ideen zu erwarten.

Lassen Sie mich noch etwas Persönliches anmerken: Das »goldene Zeitalter« ist nun endgültig vorbei. Meine Generation war sich nicht bewusst, dass die Nachkriegszeit in Europa, so schwierig und teilweise grausam sie politisch auch war, für uns eigentlich eine gute Zeit war, auf jeden Fall nach Stalins Tod: Wir waren jung, kannten keinen Hunger und keine politischen Repressalien wie unsere Großeltern, wir reisten durch unser schönes großes Land, badeten an menschenleeren Stränden und sammelten Beeren in herrlichen Wäldern, tranken Wasser aus sauberen Quellen, fingen Fische in den Seen, atmeten saubere Luft, und der Regen, der meistens zur richtigen Zeit fiel, war weder sauer noch basisch. Die ersten Nachkriegsjahre waren noch von Armut geprägt, wir mussten uns einschränken, aber schon bald fühlten wir uns reich, denn wir mussten ein Paar Schuhe nicht mehr zehn Jahre lang tragen, konnten uns neue, teure Kleider kaufen und hörten auf, die gebrauchten an andere weiterzugeben. Wir kauften Kühlschränke und Fernseher, ohne uns bewusst zu sein, dass dies eine viel bedeutendere Revolution war als die Oktoberrevolution. Fast unbemerkt und ohne Vorankündigung begannen wir, in der Welt der Zukunft zu leben. Dann öffneten sich die Grenzen, und wir ehemaligen Sowjetmenschen sahen Paris und Rom, Kairo und Neu-Delhi. Wir vergaßen, was Brotkarten sind, und gewöhnten uns an volle Regale mit Lebensmitteln und anderen Waren. Und wir vergaßen die Mythen, die das Bewusstsein der Menschen über Jahrhunderte geprägt hatten.

Wir galoppierten in das neue Jahrtausend, in dem die alten Mythen weitgehend verschwunden sind. An ihre Stelle sind soziale Theorien getreten, die vermeintlich die Vergangenheit erklären und die Zukunft vorhersehen können. Manche geben optimistische Ausblicke, andere sagen Katastrophen voraus. In der unsicheren Phase, in der sich die Menschheit heute befindet, sind beide Möglichkeiten gleichermaßen denkbar.

Unsere heutige Welt ist in vielerlei Hinsicht bemerkenswert: Wissenschaft und Forschung entwickeln sich so rasant wie noch nie, aber es gab auch noch nie ein solches Ausmaß an Verschwendung und Reichtum. Und noch nie gab es so viel Ungerechtigkeit und wurde zugleich so viel über Menschenrechte und Demokratie geredet. Reichtum und Armut existieren nebeneinander und reiben sich aneinander. Einige Soziologen meinen, die Zeit der Revolutionen und des Kampfes um die Verteilung der Ressourcen sei vorbei, aber das glaube ich nicht.

Die alten Mythen haben ausgedient, neue soziale Utopien sind gescheitert, Kapitalismus und Sozialismus werden von neuen Lebensformen abgelöst, die sich aber noch nicht endgültig formiert haben. Eine Neubewertung aller bisherigen Wertvorstellungen hat begonnen. Nicht nur die Finanzsysteme sind von der Inflation betroffen, sondern auch viele kulturelle Werte. Moralische Normen sind ins Wanken geraten, religiöse Dogmen brechen auf, und das alles ist gepaart mit einer dramatischen Umwertung unserer Sicht auf das Leben insgesamt, auf seine Einmaligkeit und seinen höheren Sinn.

Wir kennen viele mythische Erzählungen über die Entstehung der Welt. Es gibt auch Mythen über ihr Ende, erstaunlicherweise aber viel weniger. Die Vorstellung vom Weltuntergang wird meistens mit dem entscheidenden Kampf von Gut und Böse und dem endgültigen Sieg des Guten verbunden, nach dem eine zukünftige Welt beginnen soll.

Die Menschheit wird allerdings nur dann weiterexistieren und nicht in einer planetaren Katastrophe enden, wenn wir sehr viel Giftmüll nicht nur von der Erde, sondern auch aus unseren Köpfen entfernen: veraltete Gesellschaftstheorien, anthropozentristische Ideen, die den Menschen als Herrscher über die Natur betrachten, nationale Bestrebungen und parteipolitische Interessen. Und womöglich wird es in einem künftigen Jahrtausend kein Leben ohne freiwilligen Verzicht und Selbstbeschränkungen geben.

Die alten Mythen sind Geschichte, neue Mythen gibt es nicht und wird es wohl auch nicht mehr geben. Die kühnen Menschheitsträume von der Erschließung des Kosmos und der Beherrschung natürlicher Prozesse entbehrten mythologischer Ansätze, die Beteiligung einer Höheren Kraft wurde dabei nicht in Betracht gezogen.

Die Zeit ist reif, anstelle der alten Mythen einen neuen Gesellschaftsvertrag auszuarbeiten.

Auch wenn heute verschiedenste Regierungsformen und eine Vielzahl nationaler und übernationaler Gremien existieren, hat eine alte Idee überlebt, die eine Reihe von Wissenschaftlern für aussichtsreich hält – die Idee einer zentralen Weltregierung. Das Konzept einer einheitlichen politischen Macht für die gesamte Menschheit ängstigt die meisten Regierungen. Dabei hat die Entwicklung hin zu einer globalen Herrschaft längst begonnen, auch wenn es noch keine einheitliche Weltarmee gibt und keine einheitliche Justiz oder Gerichtsbarkeit.

Der Mythos, die Macht wäre »von Gott gegeben«, sei es an einen Monarchen, die Kirche oder einen beliebigen anderen Herrscher, dieser Mythos hat sich in Luft aufgelöst. Wodurch wird er ersetzt? Durch einen neuen Mythos? Neue Diktatoren? Eine Diktatur der Demokratie? Ein »Diktat der Algorithmen«?

Der Menschheit steht eine gewaltige Anstrengung bevor. Sie muss sich von der Idee hierarchischer Machtstrukturen befreien, eine gerechte Verteilung der natürlichen Ressourcen erreichen, gleichberechtigte Ansprüche auf Bildung durchsetzen und eine medizinische Versorgung aller Bedürftigen, unabhängig von ihren finanziellen Möglichkeiten. Dies ist eine rein organisatorische Aufgabe, dafür sind weder Revolutionen noch Aufstände nötig, es bedarf jedoch einer systematischen und gut durchdachten Verteilung aller materiellen und technischen Güter auf der Welt. Grundprinzip einer solchen Verteilung ist die freiwillige Selbstbeschränkung. Wenn wir diese Idee nicht verinnerlichen, dann erwarten uns zahllose neue Katastrophen.

2018

DIE ERINNERUNG NICHT VERGESSEN

Unsere Gesellschaft steht heute vor einer wichtigen Frage – brauchen wir die Erinnerung? Versuchen wir eine Antwort.

Nach dem heutigen Stand der Forschung verfügt der Mensch als einziges biologisches Wesen nicht nur über ein individuelles, sondern auch über ein historisches Gedächtnis. Diese Fähigkeit macht uns einzigartig. Natürlich hat jede Spezies ihre eigene historische und geographische Entwicklung durchlaufen, aber nur der Mensch ist in der Lage, Ereignisse der Vergangenheit festzuhalten, in der Geschichte zu leben. Jeder einzelne Mensch ebenso wie eine Familie und ein ganzes Volk.

Irgendwann begann ein uns unbekanntes Genie – oder vermutlich mehrere, nur an verschiedenen Orten unseres Planeten –, die menschliche Geschichte aufzuzeichnen. Die erste Chronik dieser Art haben unsere entfernten Vorfahren als beeindruckende Zeichnungen an den dunklen Wänden ihrer Höhlen hinterlassen. Die Rußpartikel in der Nähe dieser Zeichnungen beweisen, dass jene Vorfahren bereits den Umgang mit Feuer gelernt hatten. Und die Zeichnungen selbst bezeugen, dass schon der Urmensch das Bedürfnis hatte, seine Erfahrungen an die Nachkommen weiterzugeben. Das waren die Anfänge des kulturellen Gedächtnisses.

Die Wissensübermittlung von Generation zu Generation geschieht nicht automatisch. Früher gab ein Handwerker sein Wissen an seinen Sohn weiter, und so wurde der Sohn eines Schuhmachers wiederum Schuhmacher. Mit den ersten schriftlichen Aufzeichnungen entstand die beste Form der Wissensübermittlung, mit ihnen begann die über das Biologische hinausgehende Geschichte der Menschheit.

Es ist immer wieder faszinierend – ein Kind wird geboren, und schon mit zwei Jahren hat es so viele eigene Erfahrungen gemacht, dass es weiß, wie seine Umwelt beschaffen ist. Es beurteilt die Welt anhand seiner Empfindungen – ist etwas warm oder heiß, schmeckt es gut oder nicht, ist es angenehm oder unbequem …

Mit den Jahren erweitert sich die Welt eines Menschen praktisch ins Unendliche – er erfährt viel über Zeit und Raum, über den eigenen Körper, über die Einzigartigkeit des Lebens. Und all dieses Wissen bewahrt er in seinem Gedächtnis auf, aber auch in den Hilfsmitteln, die sich der Mensch geschaffen hat, um das Wissen, nun Informationen genannt, zu speichern. Dieses Wissen ist wie ein unermesslicher Ozean. Niemand auf der Welt ist in der Lage, das gesamte Wissen der Menschheit in seinem Gehirn zu speichern, darum gibt es verschiedene Möglichkeiten, aus anderen Quellen darauf zuzugreifen: wissenschaftliche Bibliotheken, Fachzeitschriften, spezielle Internetseiten. Wichtig ist deshalb, wo und wie die Erinnerung an unsere unmittelbare Geschichte aufbewahrt wird, jenes Geschichtswissen, in dem immer zwei Richtungen miteinander streiten – die eine durchforstet das Zeitgeschehen nur nach ganz bestimmten Kriterien, die andere versucht, alles zu erfassen, unzensiert und ohne jede Einschränkung.

Nach dem Ende der Sowjetunion hat Memorial es übernommen, die Geschichte des nachrevolutionären Russlands im vollen Umfang zu erfassen und zu bewahren.

Die Organisation entstand 1987, als unsere Gesellschaft, bis dahin an das Schweigen gewöhnt, plötzlich zu sprechen begann. Im August 1987 gründete sich die Initiativgruppe »Zum ewigen Gedenken an die Opfer der Repressionen«. Im Moskauer Klub Perestroika fanden regelmäßig Debatten zu verschiedenen Themen statt, über die zuvor nicht diskutiert werden durfte – Ökologie, Rechtsschutz, Denkmalschutz, Politik, Erinnerung an die Zeit des Terrors und dessen Opfer. In der Regel hielt zunächst jemand einen Vortrag und danach wurde diskutiert, manchmal stundenlang. Der Erinnerung an die Zeit des Terrors wurde besonders viel Aufmerksamkeit geschenkt, in dem Saal für vierhundert bis fünfhundert Menschen gab es kaum freie Plätze. Aus dem Kreis der Diskussionsteilnehmer zu diesem Thema fand sich eine Gruppe zusammen, die sich von nun an regelmäßig traf. Bald wurde allen klar, dass Reden allein nicht reichen würde, man wollte aktiv werden, und so entstand die Idee, im Zentrum von Moskau ein Denkmal für die Opfer der politischen Repressionen zu initiieren. Am Anfang nannte sich die Gruppe daher auch »Denkmal«, später wurde daraus »Memorial«. Wie aber sollten ein paar Aktivisten ein solches Denkmal finanzieren? Die Memorial-Leute formulierten ihre Forderung in einem Brief, sammelten mehr als hundert Unterschriften bekannter Persönlichkeiten und schickten ihn an die Regierung. Sie bekamen nie eine Antwort.

Es musste also etwas anderes unternommen werden, etwas noch Überzeugenderes. Die Perestroika nahm gerade erst an Fahrt auf, aber es gab schon sehr viele Demonstrationen und Veranstaltungen, die eigene Forderungen aufstellten: Im sibirischen Irkutsk verlangten die Teilnehmer einer riesigen Kundgebung mehr Umweltschutz, auf dem Roten Platz in Moskau demonstrierten die Krimtataren für ein Recht auf Rückkehr in ihre Heimat. Im Spätherbst 1987 hatten die Aktivisten von Memorial ihre Formel gefunden – ein Denkmal allein reicht nicht, es muss ein ganzer Erinnerungskomplex geschaffen werden mit Museum, Archiv, Bibliothek und Veranstaltungsräumen. Mit dieser Forderung gingen sie auf die Straße, sammelten Unterschriften und übergaben ihr Schreiben an das Parlament, denn sie wollten unbedingt mit den Volksvertretern über ihr Projekt reden.

Diese Gruppe von Aktivisten bildete später den Kern der Organisation »Memorial International«. Einige von ihnen setzen ihre Arbeit bis heute fort, andere sind nicht mehr am Leben. Gestorben ist auch Arseni Roginski, einer der Gründer von Memorial. Aber seine Mitstreiter sind noch da, und es kamen immer neue hinzu, vor allem junge Leute, die nun diese wertvolle Gedächtnisarbeit fortführen.

Eines der »langlebigen« Projekte von Memorial ist ein Schülerwettbewerb mit dem Titel »Der Mensch in der Geschichte« – es gibt ihn inzwischen seit dreiundzwanzig Jahren. In den letzten Jahren hatte ich Gelegenheit, an diesem Projekt teilzunehmen. Seit 1987 sind aus dem Material des Wettbewerbs vierundzwanzig Erinnerungsbände zusammengestellt und publiziert worden. Diese Bücher lassen sich keinem bestimmten Genre zuordnen, denn sie enthalten Erinnerungen aufgeklärter, gebildeter junger Leute ebenso wie solche von ungebildeten Menschen, die nicht selbst aufschreiben können, was ihr Gedächtnis bewahrt hat. Dieses »ungebildete« Gedächtnis brauchte Helfer, die sich die Augenzeugenberichte anhörten und aufzeichneten. Entstanden sind einzigartige Dokumente von Zeitzeugen, von denen heute nur noch wenige am Leben sind.

Die Mitarbeiter von Memorial leisteten eine gewaltige Arbeit. Sie haben ein Archiv aufgebaut, das Hunderttausende Dokumente umfasst. Tausende von Namen wurden ermittelt, Orte von Massengräbern entdeckt. Besondere Verdienste erwarb sich dabei der karelische Historiker Juri Dmitrijew. Ihm wird irgendwann ein besonderes Kapitel der Memorial-Geschichte gewidmet werden müssen, denn er sitzt gegenwärtig aufgrund einer erfundenen Beschuldigung im Gefängnis, verurteilt wie ebenjene Menschen, deren Namen und Gräber er gefunden hat. Zum Glück konnte er die Ergebnisse seiner Forschungen veröffentlichen.

Der Wunsch, die Erinnerung an die eigenen Vorfahren zu bewahren, ist für Menschen nicht nur natürlich, er ist auch sehr ehrenhaft und eine jahrhundertealte Tradition. Umso weniger versteht man, dass unsere Regierung dieses natürliche Bedürfnis nicht anerkennt und die Menschen nicht dabei unterstützen will, ihrer unschuldig ermordeten Vorfahren zu gedenken.

In unserer jüngsten tragischen Vergangenheit sprach niemand von Tätern und Opfern – die Täter wähnten sich im Recht. Sie ahnten nicht, dass sie kurze Zeit später selbst im Gefängnis sitzen würden. Die Weltgeschichte kennt genügend Beispiele, wie ein Henker selbst zum Opfer wurde und der neu ernannte Henker dann vor jenen zitterte, die ihn ablösen würden. Die menschliche Gesellschaft krankt seit Urzeiten an diesem Grundproblem: Der Mensch kann nicht allein überleben, er ist ein soziales Wesen und muss sich eine Struktur schaffen, den Staat. Und dieser Staat darf Recht sprechen, er darf Schuldige bestrafen, wenn sie das Gesetz brechen. Aber genau in diesem Punkt liegt das eigentliche Problem: Das Gesetz muss gerecht sein, und es muss befolgt werden.

Die sowjetische Regierung hat von Anfang an zahlreiche Gesetze erlassen, die uns heute grausam erscheinen, denn sie verstießen gegen elementare Menschenrechte. Kann es etwa gerecht sein, wenn ganze Völker aus ihren angestammten Siedlungsgebieten vertrieben, Familien aus ihrer Heimat umgesiedelt werden ins entlegene Sibirien und den Fernen Osten? Über Jahrzehnte hinweg vollzog sich in unserem Land eine demographische Katastrophe, deren Folgen bis heute nachwirken. All das gehört zu unserer Geschichte mit ihren Fehlern und Verbrechen, die nur dann überwunden werden können, wenn aus der Geschichte gelernt wird – von jenen, die heute die Geschicke des Landes lenken, aber auch von der Gesellschaft insgesamt. Vieles hängt dabei von der Gesellschaft selbst ab: Ist sie ausreichend informiert über die historischen Vorgänge, bewahrt sie sich ein Gedächtnis für die Leidensgeschichte der Vorfahren? Möchte die Bevölkerung zu dem früheren inhumanen Herrschaftssystem zurückkehren oder ist sie bereit, sich an den gesellschaftlichen Prozessen direkt zu beteiligen und auf allen Ebenen nach Lösungen zu suchen für die Schwierigkeiten und Probleme, die in jeder Gesellschaft auftreten, selbst in der fortschrittlichsten? Ich denke, der vernünftigste Weg ist eine Aufarbeitung unserer Vergangenheit, ein ehrliches und angstfreies Gespräch über die Fehler und Verbrechen der Machthaber, über die schwache Zivilgesellschaft in Russland, denn die Ursache all unserer Probleme liegt in der fehlenden Erinnerungskultur. Memorial ist ein außerordentlich wichtiges Instrument für das menschliche Gedächtnis, diese sensible und hochentwickelte Materie.

Die wachsende Gefahr einer Schließung von Memorial ist ein beängstigendes Symptom für den kranken Zustand unserer Staatsmacht. Das historische Gedächtnis an sich unterwirft sich keinem staatlichen Gesetz, egal, ob diese Gesetze gut sind oder schlecht. Es gibt neben der alltäglichen Geschichte, den Ereignissen, über die in den Tageszeitungen berichtet wird, noch eine andere, globalere Menschheitsgeschichte, und diese wird unseren Nachfahren davon erzählen, wie Memorial um die Bewahrung des historischen Gedächtnisses kämpfte, aber auch von jenen Menschen und Strukturen, die sich diesem Anliegen in den Weg stellten. Die Motivation der Memorial-Mitarbeiter ist für mich vollkommen verständlich, die Motive für ein Verbot der Organisation sind es sehr viel weniger. Vielleicht wird den Gegnern von Memorial irgendwann klar, dass die Geschichte letztlich allen Akteuren ihren Platz zuweist, und der wird davon abhängen, inwieweit sie sich für eine Humanisierung unserer Gesellschaft eingesetzt haben oder ob sie uns mit aller Macht in die Urgesellschaft zurückkatapultieren wollten, in der nicht der Klügste herrscht, sondern der Stärkste.

Kann ein Mensch nicht mit seinesgleichen kommunizieren, verwandelt er sich in einen »Mowgli«. Nur der Austausch mit Artgenossen, nur die Verarbeitung von Informationen über das Vergangene hilft uns, die Gegenwart zu bewältigen, und macht uns zu vollwertigen Subjekten der Geschichte. Genau das war das Ziel von Memorial – die Gestaltung einer humaneren Welt. Der Prozess der »Vermenschlichung«, der damit begann, dass ein Affe selbstlos einem anderen half, dieser Prozess ist noch nicht abgeschlossen. Wir sollten die Organisation Memorial erhalten – sie hilft dabei, unsere gefährdete Welt menschlicher zu machen.

Noch im Herbst 2021, als dieser Text entstand, gab es die Hoffnung, dass eine Schließung von Memorial abgewendet werden könne. Aber nun ist sie bittere Realität: Am 28. Dezember 2021 wurden auf Beschluss des Obersten Gerichts der Russischen Föderation Memorial International und das Menschenrechtszentrum Memorial aufgelöst. Die Vertreter beider Organisationen sind überzeugt, dass dies aus politischen Gründen geschah. In Russland haben erneut »dunkle Zeiten« begonnen.

2022

FÜR MEMORIAL

Heute, am 24. Februar 2022, hat ein Krieg begonnen. Ich dachte immer, meine Generation, die während des Zweiten Weltkriegs geboren wurde, hätte Glück gehabt, wir würden weiterleben ohne Krieg, bis zu unserem Tod, der, worum wir stets beten, »ohne Schmerz, ohne Schande und in Frieden« eintreten möge. Aber nein, daraus scheint nichts zu werden. Noch ist nicht abzusehen, wie sich die Ereignisse dieses dramatischen Tages auswirken werden. Der Wahnsinn eines Mannes und seiner ihm ergebenen Handlanger bestimmt das Schicksal des Landes. Wir können nur vermuten, was darüber in fünfzig Jahren in den Geschichtsbüchern stehen wird. Schmerz, Angst und Scham – das sind die Gefühle am heutigen Tag.

Schmerz – weil der Krieg Lebendiges trifft – das Gras und die Bäume, die Tiere und ihre Nachkommen, die Menschen und ihre Kinder.

Angst – weil unser aller biologischer Instinkt auf die Erhaltung unseres Lebens und des Lebens unserer Nachkommen gerichtet ist.

Scham – weil offensichtlich ist, dass die Regierung unseres Landes die Verantwortung trägt für diese Situation, die großes Unglück über die gesamte Menschheit bringen könnte.

Die Verantwortung für das, was heute geschieht, teilen wir alle, die Zeugen dieser dramatischen Ereignisse, weil wir sie nicht vorherzusehen und zu verhindern vermochten.

Wir müssen diesen minütlich eskalierenden Krieg stoppen und uns den propagandistischen Lügen entgegenstellen, die durch sämtliche Massenmedien auf unsere Bevölkerung einströmen.

TAGEBUCHEINTRAG, 24.2.2022

Es ist Krieg. Den Text zum Krieg habe ich abgeschickt. Bin mit Dormann bis zum Timirjasew-Park gelaufen. Verzagtheit und Hilflosigkeit. Dunkelheit legt sich über das Land, und das bei hellem Sonnenschein und beginnendem Frühling: Der Schnee ist weich, pappig, schmilzt unter den Schuhen, die Vögel werden geschäftig, die Krähe hat ein Stück vom Zweig abgebrochen, sie baut an ihrem Nest, muss es flicken. Währenddessen werden Donezk und Luhansk bombardiert und schrecklich peinliche Reden gehalten.

Petja war da – er will mit Marjascha nach Israel, sie verlangt, dass ich mitfahre. Mila kann nicht weg – sie muss arbeiten.

Ich habe wieder Herzschmerzen, das lässt mich auf Erlösung hoffen.

KRIEG UND EMIGRATION

Die Geschichte bietet immer wieder interessante Parallelen. Vergleicht man bestimmte Vorgänge in Russland in den Jahren 1922 und 2022, drängt sich eine solche Parallele auf. 1922, ein paar Jahre nach der Revolution, verließen mehrere Schiffe die Häfen Sowjetrusslands und brachten Wissenschaftler, Politiker und Schriftsteller ins Ausland – die kulturelle Elite des Landes, die zur Emigration gezwungen war. Für diese Menschen war die Emigration der einzige Ausweg, denn zu der Zeit hatte die bolschewistische Regierung bereits eine Vielzahl von Adligen, Gelehrten, Priestern und Intellektuellen umgebracht. Sie alle waren hochgebildet und erkannten die neue, proletarische Macht nicht an. Berühmt wurde diese Ausweisungsaktion später als »Philosophendampfer«.

Heute, hundert Jahre später, beobachten wir etwas Ähnliches. In den letzten Jahren hat schon ein relativ großer Teil der russischen kulturellen Elite das Land verlassen. Doch nach dem 24. Februar 2022, dem Beginn des Krieges gegen die Ukraine, den die russische Regierung verharmlosend als »militärische Operation« bezeichnet, hat sich diese Bewegung verändert und verstärkt.

Am Morgen des 11. März fuhr ich mit einem Petersburger Freund, einem Journalisten, der seit vielen Jahren in Deutschland lebt, zum Zentralen Berliner Busbahnhof, um Flüchtlinge aus der Ukraine zu empfangen. Die Busse, die dort ankamen, waren anders als die »Philosophendampfer« von 1922. Die Menschen, die dort ausstiegen, waren von der

Reise erschöpfte Frauen und Kinder. Keine Männer, weder alte noch junge. Die alten wollen ihr Zuhause und ihren Besitz meist nicht verlassen, die jungen kämpfen. Die Frauen fliehen mit ihren Kindern vor dem Krieg – weil ihr Haus zerbombt wurde oder weil sie es in den Luftschutzräumen nicht mehr aushalten. Eine Frau aus Donezk, mit der wir ins Gespräch kamen, war zu Besuch bei ihren Eltern in Cherson gewesen und wurde dort vom Krieg überrascht. Sie stieg in einen Bus und gelangte über eine verschlungene Route durch halb Osteuropa nach Berlin.

Die Berliner zeigten große Hilfsbereitschaft. Während die staatlichen Instanzen noch keine Unterkünfte organisiert hatten, nahmen Privatleute aus Berlin und anderen Städten ukrainische Frauen und Kinder bei sich auf.

Neben dem Busbahnhof gab es einen provisorischen Sammelpunkt, an dem Freiwillige Verpflegung und Kleidung austeilten. Studenten, die bereits die ganze Nacht auf dem Busbahnhof verbracht hatten, blieben weiter dort, weil sie die verwirrten und erschöpften Menschen nicht sich selbst überlassen wollten. Imbissläden spendeten Essen, Apotheken des Viertels verschenkten Medikamente. Von Mitarbeitern staatlicher Stellen wurden kostenlose SIM-Karten verteilt, mit denen innerhalb Deutschlands und in die Ukraine telefoniert werden kann, Berliner Studentinnen und Studenten halfen bei der Installation.

Der Flüchtlingsstrom kam ebenso unerwartet wie der von der Kreml-Regierung improvisierte Krieg. Inzwischen organisiert das Land Berlin zusätzliche Unterkünfte in den ehemaligen Flughäfen Tempelhof und Tegel und in den Messehallen am Funkturm. Außerdem werden Busse bereitgestellt, die Ukrainerinnen und Ukrainer in andere Bundesländer bringen, die Benutzung der Deutschen Bahn und des öffentlichen Nahverkehrs ist für sie ebenfalls kostenlos. Und vor allem erhalten sie eine kostenlose medizinische Versorgung, was für die erschöpften und traumatisierten Menschen besonders wichtig ist.

Die Zahl der Todesopfer dieses Krieges ist noch unbekannt. Sie schwankt zwischen der offiziellen Angabe von 498 und der inoffiziellen von rund 12 000.

Wo ist dieser Wahnsinnige, auf dessen Befehl russische Truppen die ukrainische Grenze überschritten haben, friedliche Städte beschießen und bombardieren und Tausende Einwohner in Luftschutzräume treiben?

In welchem komfortablen Bunker sitzt dieser Mann? Was kocht ihm sein berühmter Koch zum Abendessen?

Wo ist seine Familie, wo sind seine Kinder, über die das Volk nichts weiß? Auch das ist ein Staatsgeheimnis.

In vielen Jahren werden unsere Nachkommen in Büchern Beschreibungen dieser Tage lesen und darin Antworten auf alle diese Fragen finden.

Doch schon heute, da die ganze Welt noch unter Schock steht, wissen wir eines mit Sicherheit: Eines Tages wird man diesen Mann vor Gericht stellen. Der Prozess gegen ihn wird in die Geschichte eingehen wie die Nürnberger Prozesse und das Kriegsverbrechertribunal von Den Haag. Ob er noch zu Lebzeiten des Verbrechers stattfinden wird oder erst nach seinem Tod, das wissen wir nicht.

Doch der Prozess ist ihm gewiss! Das Gericht steht bereit, es führt schon Protokoll und erwartet ihn. Fast möchte ich sagen: das Jüngste Gericht!

2022

ERINNERUNGSKULTUR UND LITERATUR

Ljudmila Ulitzkaja im Gespräch mit Christine Vescoli für die »Literaturtage Lana« im Juni 2022

Seit März 2022 leben Sie in Berlin. Wie geht es Ihnen? Möchten Sie so bald wie möglich zurück nach Moskau?

Zunächst einmal: Ich halte Berlin für die angenehmste Stadt Europas. Diesen Eindruck habe ich bei meinen häufigen Besuchen seit rund dreißig Jahren gewonnen. Ich fühle mich recht wohl in Berlin, kannte die Stadt auch ganz gut, habe zwar einiges inzwischen vergessen, besinne mich aber nun wieder darauf. Natürlich möchte ich nach Hause, sehr gern sogar. Aber vorerst genieße ich Berlin.

Haben Sie Ihre Heimatstadt freiwillig verlassen oder waren Sie dazu gezwungen? Wurden Sie bedroht, nachdem Sie den Brief gegen den Krieg in der Ukraine unterzeichnet hatten?

Das kam für mich selbst ziemlich überraschend. Mein älterer Sohn, der mein Leben ein wenig organisiert, kam eines Tages nach Moskau und sagte, mein Mann und ich sollten rasch packen, wir müssten weg. Er hat uns quasi evakuiert, über Abu Dhabi und Tel Aviv nach Berlin, wo wir seit längerem eine Wohnung haben. Wir hatten kaum etwas mitgenommen, jeder rund 7 Kilo Gepäck, wir sind also in gewissem Sinne auch Flüchtlinge, allerdings in einer sehr komfortablen Lage.

Während der Sowjetzeit lebten Sie in einer Art innerem Exil. Fühlen Sie sich jetzt als richtige Exilantin?

Nein, das kann ich nicht sagen. Vielleicht ist das Gefühl noch nicht angekommen, noch scheint mir, dass ich jederzeit ein Ticket kaufen und nach Moskau zurückkehren könnte, dass mir dort eigentlich bisher nichts droht, obwohl ich alles, was ich über die aktuellen Ereignisse denke, deutlich geäußert habe. Aber ehrlich gesagt denke ich darüber nicht viel nach, versuche es zu vermeiden. Erst einmal gewöhnen wir uns an Berlin, und ich denke, wir werden uns hier einleben.

Im Westen hat kaum jemand den Krieg für möglich gehalten, bis Putin den Befehl zum Überfall auf die Ukraine gab. Haben Sie je gedacht, dass es wieder Krieg geben könnte?

Nein, ich dachte, das Waffenklirren würde auf verbaler Ebene bleiben. Für mich wurde der 24. Februar zu einer Grenze zwischen Vergangenheit und Zukunft. Mir war sofort klar, dass mit diesem Tag ein anderes Leben beginnt, der letzte Abschnitt meines Lebens und vielleicht der letzte des russischen Imperiums, in dem wir gelebt haben. Ich denke, es wird große Veränderungen geben.

Waren wir im Rückblick alle naiv?

Nun, vor dem Zweiten Weltkrieg ahnte auch niemand, was für ein Unheil auf ganz Europa zukommen würde, dass das Vorhaben eines Wahnsinnigen, hinter dem keineswegs die gesamte Bevölkerung stand, dennoch umgesetzt werden würde.

Putin und mit ihm offenbar sehr viele Russen wollen wieder ein mächtiges Imperium schaffen, vor dem die Welt Angst hat. Ist die nostalgische Sehnsucht nach dem untergegangenen Riesenreich bei allen Russen vorhanden?

Unter meinen Bekannten ist niemand, dem dieser Krieg gefällt. Vielleicht gibt es irgendwo in der Provinz einen Schlosser in einem Betrieb oder eine Kindergärtnerin, die dafür sind. Aber in meinem Umfeld gibt es niemanden, der mit dieser Situation einverstanden ist.

Wie sinnvoll ist es, Putin psychologisch oder pathologisch verstehen zu wollen, was nicht selten versucht wird?

Ich weiß nicht, ob das sinnvoll ist. Ich halte ihn für einen schlicht gestrickten Charakter, seine Persönlichkeit birgt keine großen Rätsel. Er ist relativ durchschaubar. Er ist sehr eitel und hatte großes Glück mit seiner Karriere. Ich hielt ihn immer für durchschnittlich, und dann hat ihm das Schicksal ein Glückslos beschert. Ich denke, er selbst hatte nie so große Pläne, er wurde einfach von einer Welle hochgespült, wie eine Welle einen Holzspan oder ein Stück Abfall hochspült. In der Regierung vor ihm gab es ja einige herausragende Persönlichkeiten, in der Mannschaft von Gaidar waren begabte Leute. Die Geschichte ist wohl ein Phänomen, das nie im Voraus, sondern nur im Nachhinein betrachtet werden kann. Wenn wir heute zurückschauen, fragen wir uns, wie konnte dies oder jenes geschehen – aber es ist geschehen.

Das Thema der Angst unter Stalin durchzieht fast alle Ihre Bücher. Passiert derzeit etwas Vergleichbares wie unter Stalin?

Ich denke, wir befinden uns an einem Wendepunkt. Wir waren zwanzig Jahre lang relativ frei, doch nun werden die Daumenschrauben wieder fester angezogen, die Freiheit wird immer weiter eingeschränkt. Das betrifft die Massenmedien, aber ich fürchte, auch die private Kommunikation.

Sie schreiben immer wieder über die Angst, und auch das russische Volk scheint davon geprägt zu sein. Angst vor der Staatsmacht, Angst vor Denunziation, Angst vor Gewalt usw. Mit Angst kann man Menschen beherrschen. Was macht Angst mit dem Menschen?

Meiner Ansicht nach zerstört die Angst den Menschen. Wichtige Eigenschaften, die den Menschen ausmachen, gehen kaputt, so das Gefühl für die eigene Würde. Eine Persönlichkeit kann sich nur in Freiheit entfalten, ohne Freiheit keine Persönlichkeit.

Oft stellen Sie die Staatsmacht und die Freiheit des Einzelnen einander gegenüber. Wie das eine ins andere greift, bewegt Ihr Denken und Ihre Bücher.

Hat uns der Anspruch auf Freiheit des Einzelnen das Verantwortungsgefühl für ein größeres Ganzes zum Teil genommen?

Ich glaube, die Frage ist falsch formuliert. Diese beiden Dinge hängen zusammen, aber nicht so unmittelbar. Eine freie Persönlichkeit ist auch und vor allem ein Staatsbürger, jemand, der sich als Bürger seines Landes fühlt, als Teil der Gesellschaft. Wir sind schließlich kein Ameisenhaufen. Jeder Mensch hat seine eigene Sicht auf das Leben, seine Rechte und Pflichten. Dieses Bewusstsein für die eigenen Rechte und Pflichten bestimmt die Qualität einer Gesellschaft.

Haben die Menschen andererseits nicht gerade vor der Freiheit sehr oft Angst und werden lieber geleitet, geführt oder verführt?

Für Russland ist diese Annahme historisch durchaus begründet. Freiheit war in Russland immer eine schwierige Sache. Angefangen mit dem Dekabristenaufstand 1825, der im Grunde ein Aufstand für die Menschenrechte war, für die freie Meinungsäußerung. Die Dekabristen forderten ja nicht mehr als das, es ging nicht um einen bewaffneten Aufstand, sondern um eine Debatte über die Situation. Über etwas zu diskutieren, damit stand es bei uns immer schlecht.

Worin sehen Sie die Gefahren für die heutige Gesellschaft, wenn der Sinn für die Gemeinschaft immer mehr abhandenkommt?

Das war der einzige Vorzug der Sowjetmacht – wir haben gelernt, die persönlichen Beziehungen sehr zu schätzen. Das soziale Leben war so schwierig, dass wir einander unbedingt brauchten, wir brauchten die gegenseitige Hilfe, angefangen von praktischen Alltagsdingen bis zu moralischer Unterstützung. Das beste Erbe der Sowjetmacht sind meiner Ansicht nach diese zwischenmenschlichen Beziehungen, die trotz oder gerade wegen des staatlichen Drucks entstanden.

Heißt das, dass in der heutigen Welt die Vereinzelung zunimmt?

Ich denke, ja. Natürlich, je mehr Freiheit, desto mehr Vereinzelung, desto mehr Verantwortung des Einzelnen. Eine komplexe Situation, es kommt darauf an, die richtige Balance zu finden zwischen Freiheit und Abhängigkeit vom eigenen Umfeld.

Und der Verantwortung für andere, für die Schwächeren zum Beispiel.

Ihr Interesse an der eigenen Herkunft und familiären Bindungen zeigt sich in Ihren Romanen ebenso wie in Ihren Essays. Sie zeichnen Stammbäume, sammeln Geschichten, Fotos, Gegenstände wie für ein persönliches Archiv, das auch an jüdisches Denken erinnert. Steht dahinter der Versuch, etwas zu bewahren? Eine Gedächtniskultur?

Ja, und das ist selbstverständlich etwas Jüdisches. Aber vor allem ist es etwas rein Anthropologisches. Tiere machen sich keine Gedanken um ihre Art, sie füttern ihren Nachwuchs, aber sobald der selbstständig ist, interessieren sie sich nicht mehr dafür, sie werden Fremde. Für den Menschen hören die Bindungen nicht auf, Bindungen unterschiedlichster Art: verwandtschaftliche, nachbarschaftliche, Beziehungen aus Schul- und Studienzeit, heute auch aus dem Internet. Diese Vielfalt von Beziehungen ist ein entscheidendes Merkmal des Menschen.

Und auch die Erinnerung?

Ja, natürlich.

Gleichzeitig heißt es in einem Ihrer Texte: »Eines Tages verliere ich Arme, Beine, Kopf, Alter, Geburts- und Sterbedatum, Nationalität und Beruf, eines Tages verliere ich meinen Namen, und es wird gut sein.«

Ist der Spurensuche das Wissen um die Vergeblichkeit des Vorhabens eingeschrieben? Oder heißt Erinnern auch Vergessen?

Ich bin ja in gewissem Sinne ein religiöser Mensch, und ich habe das Gefühl, dass jeder von uns sozusagen in ein Experiment geschickt wird, mit schwierigeren oder leichteren Bedingungen, unter denen er sich als Persönlichkeit entfalten kann. Das Leben stellt jedem eine Aufgabe, die er erfüllen muss. Ich stehe ja bald vor meinem Ende und denke darüber nach, welche Aufgaben mir gestellt wurden, welche ich erfüllen konnte, welche nicht und welche ich vielleicht noch erfüllen kann. Ich denke, jeder wird feststellen, wenn er darüber nachdenkt, dass er eine Lebensaufgabe hat.

Noch einmal zurück zur Erinnerung – schließt Erinnern auch das Vergessen mit ein?

Natürlich vergessen wir manches, aber manches bewahren wir auch, und das kostet Arbeit. Mein Schreiben hat viel mit meinem schlechten Gedächtnis zu tun. Ich habe panische Angst davor, Dinge zu vergessen, deshalb greife ich schnell zum Stift, um alles festzuhalten. Ohne diese Angst vor dem Vergessen wäre ich vielleicht nie Schriftstellerin geworden.

Viele Ihrer Figuren sind Intellektuelle, Künstler:innen und immer wieder Wissenschafter:innen, wie Sie selbst es auch waren bzw. von der Ausbildung her sind. Welche gesellschaftliche Aufgabe haben sie im derzeitigen Russland? Welche Kraft haben Literatur und Kultur?

In unserer heutigen Welt, nicht nur in Russland, auch in allen anderen Ländern, wird die Geschichte von relativ wenigen Menschen dominiert. Nicht alle Menschen schreiben Geschichte. Eine bestimmte Gruppe aktiver Menschen, die unterschiedlich bezeichnet wird …

Zum Beispiel als Elite?

Man kann sie Elite nennen oder auch anders, jedenfalls hängt von dieser Gruppe in der Gesellschaft vieles ab. Was Russland angeht, so erinnert mich die heutige Situation an den Beginn des 20. Jahrhunderts, genauer, an das Jahr 1922, als viele Intellektuelle und Fachkräfte das Land verließen. Oft übrigens über Berlin, das russische Berlin ist ein interessanter Ort. Und was waren die Folgen? Zum Beispiel entwickelte sich jemand wie Nabokov zu einem bedeutenden Schriftsteller. Er hatte Russland in seiner frühen Jugend verlassen und bewahrte es vor allem in seinen Erinnerungen. Nabokovs große literarische Welt entstand nicht in Russland, sondern bereits im Ausland. Wäre er nicht in Russland geboren worden, wäre er sicher trotzdem ein genialer Schriftsteller geworden. Aber wir alle haben unsere Wurzeln, unsere ersten Eindrücke, die Sprache, die wir als Kinder gelernt haben. Damit leben wir, damit entwickeln wir uns weiter, und damit sterben wir auch. Es ist wichtig, das in sich zu bewahren, es nicht zu vergessen und es nach Möglichkeit weiterzugeben.

Also auch die Kultur, die Literatur? Russland ist ein Land der Weltliteratur, einer großen Literatur, deren Romane und Gedichte wir lieben. Sie dringt wie kaum eine andere in die Tiefen der menschlichen Existenz vor mit all ihren Fragen. Kann sich die russische Bevölkerung derzeit darin wiederfinden? Liest sie diese Literatur überhaupt?

Ich denke, sie wird gelesen. Unsere Schulbildung ist recht konservativ, die Kinder müssen, auch wenn es ihnen schwerfällt, die russischen Klassiker lesen, und zwar oft in einem Alter, in dem sie noch gar nicht viel davon verstehen können. Das ist nicht schlecht, denn die erste Einführung in die russische Kultur erhalten die Kinder in der Schule. Und bei einem guten Lehrer, und die gibt es, hält das fürs ganze Leben vor. Ich hoffe, dass sich diese Tradition fortsetzen wird. Die Lehrpläne heute mögen veraltet sein, aber selbst wenn die Kinder jetzt weniger klassische Literatur lesen, bekommt doch ein gewisser Teil der jungen Menschen eine relativ gute Bildung, und vor allem wird das kulturelle Gedächtnis bewahrt.

In der russischen Literatur und Kultur wird immer wieder auch die »russische Seele« beschworen. Gibt es sie? Wovon lassen sich solche Zuschreibungen ableiten?

Das ist meiner Ansicht nach ein reiner Mythos, die russische Seele, die indische Seele, die japanische Seele … Ich denke, jedes Volk hat seinen nationalen Charakter, man kann ihn als »Seele« bezeichnen, aber als ehemalige Wissenschaftlerin bevorzuge ich wissenschaftlichere Begriffe.

Zu den Attributen dieser »russischen Seele« gehören auch das Leiden und die Leidensfähigkeit. Ist das ein schöner Mythos oder ein Produkt der Geschichte?

Das weiß ich nicht, es fällt mir schwer, diese Frage zu beantworten. Es gab bei uns allerdings immer einen erstaunlichen Mangel an Sensibilität, wenn jemandem Leid zugefügt wurde. Menschen fügten anderen Leid zu, ohne das geringste Mitgefühl zu empfinden.

Eine Folge der Geschichte?

Ja, die vielbeschworenen russischen Eigenschaften wie Leidensfähigkeit und Mitleid sind auf geheimnisvolle Weise miteinander verknüpft. Darüber wurde schon viel geschrieben, die russische Literatur ist voll davon, besonders bei Dostojewski, aber auch bei Tolstoi.

Sie sind gegen das Vergöttlichen einer Idee oder Ideologie, egal, ob in der Wissenschaft oder in der Kunst. Welche große Idee müssen wir derzeit überdenken und möglicherweise revidieren?

Ich glaube, die gesamte Menschheit, wir alle sollten heute unsere Begriffe überdenken. Wir benutzen Begriffe, die aus dem vorigen Jahrhundert stammen, und wir leben in einer Zeit, da wir Gewohntes neu bestimmen müssen, angefangen mit dem Wichtigsten: Liebe, Hass, Mitgefühl, Feindschaft.

Das alles müssen wir heute neu bewerten, denn wenn wir uns an die alten Denkmuster klammern, werden wir immer wieder Kriege führen.

Die Menschen in Ihren Büchern leben ihren Alltag in vielen sorgsam ausgeleuchteten Details, die sich unaufgeregt aneinanderreihen und unauffällig zu einem Leben zusammenfügen. Daraus können wir die Zusammenhänge zwischen politischem und privatem Leben ablesen, ohne dass sie kommentiert werden. Was steht hinter dieser literarischen Erzählhaltung der persönlichen Diskretion, die sich ganz auf die Kunst des »reinen« Erzählens verlässt?

Die Politik dringt immer in unser Leben ein, ob wir es wollen oder nicht. Sosehr wir auch versuchen, das zu verdrängen, Radio und Fernseher abschalten und die Augen davor verschließen – sie ist trotzdem da, immer. Wenn ich heute in Berlin, einer gutsituierten Stadt, auf die Straße gehe, sehe ich viele Flüchtlinge aus den verschiedensten Ländern – Syrer, die vor wenigen Jahren herkamen, Russen und Ukrainer, die jetzt kommen … Die Politik drängt sich überall in unser Leben, jeden Tag.

Hängt Ihre eher distanzierte Erzählweise vielleicht damit zusammen, dass Sie zunächst Genetikerin waren? Hat das Ihr Denken und Ihr Schreiben beeinflusst?

Der wissenschaftliche Blick hat meine Weltsicht zweifellos beeinflusst, es ist eine Arbeitsmethode, ja, das spielt eine Rolle. Wie sehr, kann ich selbst schwer beurteilen, das ist Sache der Kritiker und der Leser. Aber die wissenschaftliche Betrachtung des Lebens bestimmt wohl in vielem meine Sichtweise.

Ihre Literatur durchzieht ein sehr feiner Ton zwischen Redseligkeit und Humor, in den sich immer wieder auch eine Art Trauer über die Dinge mischt, die schlechter laufen, als sie es könnten. Sind Sie Optimistin oder Pessimistin?

Das ist für mich eine schwierige Frage. Ich würde sagen, ich bin Realistin. Ein Realist reagiert unmittelbar auf das Geschehen, er kann also heute Optimist sein und morgen Pessimist, je nach Wetterlage.

Sie würden sich also nicht festlegen?

Nein, nein.

Eine letzte Frage: Was wünschen Sie sich derzeit am meisten?

Ich möchte sehr gern nach Hause zurückkehren. Ich weiß nicht, ob das jemals geschehen wird und wann, aber ich wünsche es mir sehr. Ich wäre gern wieder zu Hause, bei meinen alten Sachen, Großmutters Kommode, Großvaters Schreibtisch, bei meinen Nachbarn und Freundinnen, bei den Krähen, die vor meinem Fenster wohnen und die ich jedes Frühjahr beobachte, wenn sie ihr Nest reparieren und ihren Nachwuchs aufziehen. Aber auch hier in Berlin habe ich inzwischen schon mit Vögeln Bekanntschaft geschlossen, es sind allerdings keine Krähen, sondern Stare, und ich beobachte sie gern, das ist wohl noch übrig von meinem biologischen Interesse. Nun, wir werden sehen …

Wir wünschen Ihnen sehr, dass sich Ihr Wunsch erfüllen möge und auch unser aller Wunsch nach einem baldigen Ende des Krieges. Wir wünschen Ihnen alles Gute und Gesundheit. Und wir bedanken uns von ganzem Herzen für das Gespräch.